北京外国语大学"双一流"建设项目成果

丛书主编
王克非　王颖冲

丛书编委（按姓氏拼音顺序排列）
金　莉　宁　琦　陶家俊　王炳钧　许　钧
薛庆国　杨金才　查明建　张　剑　赵　刚　郑书九

嫉妒

ЮРИЙ ОЛЕША
ЗАВИСТЬ

[苏]
尤里·奥列沙
——— 著

谢春艳
——— 译

浙江大学出版社
·杭州·

图书在版编目（CIP）数据

嫉妒 /（苏）尤里·奥列沙著；谢春艳译. -- 杭州：浙江大学出版社，2025. 2. -- ISBN 978-7-308-25520-2

Ⅰ. I512.88

中国国家版本馆CIP数据核字第2024T7R926号

嫉 妒

［苏］尤里·奥列沙 著
谢春艳 译

总 策 划	张　琛
责任编辑	张一弛
责任校对	朱卓娜
封面设计	VIOLET
出版发行	浙江大学出版社
	（杭州市天目山路148号　邮政编码310007）
	（网址：http://www.zjupress.com）
排　　版	杭州林智广告有限公司
印　　刷	杭州钱江彩色印务有限公司
开　　本	880mm×1230mm　1/32
印　　张	7.75
字　　数	150千
版 印 次	2025年2月第1版　2025年2月第1次印刷
书　　号	ISBN 978-7-308-25520-2
定　　价	49.00元

版权所有　侵权必究　　印装差错　负责调换

浙江大学出版社市场运营中心联系方式：0571-88925591；http://zjdxcbs.tmall.com

"万国文译"总序

文学是人类以语言文字为媒介,描述外部环境与事件、表达内心认识与情感的重要方式。各国的文学经典是世界共有的财富,但由于语言文字不同,读者要理解和欣赏其他国家和民族的作品存在障碍,这就有赖于翻译这座沟通的桥梁。一百二十多年前,外国文学经由翻译大量引进中国,新思想、新气象、新题材、新方法随之而入,深刻影响了当时的中国社会。改革开放后,新一轮外国文学的译入,再一次迎合了思想解放的大潮和广大民众的精神需要。"二十世纪外国文学丛书""外国文学名著丛书"等一大批译丛相继推出,为中国读者打开了看世界的窗口,使之得以穿越时空与过去的文学大家对谈。与此同时,意识流、现代派、魔幻现实主义等文学流派和思潮也对中国当代文学的发展产生了重要影响。

没有翻译,就没有世界文学。千真万确。但世界文学显然不只是英美等大国的文学。一百多年前,鲁迅先生第一次译介世界文学的集子《域外小说集》,当中就有许多篇章来自俄罗斯、波兰等东欧国家及北欧小国。但是纵观近百年以及改革开放以来的外国文学翻译,可以发现,我们关注的主要还是英语和几个通用语种,而对其他语种、其他民族的文学关注不够。

许多国家的文学作品对中国读者来说还很陌生，除了专门的学者，人们很难说出许多非通用语种的作家或作品。这对于中国人民了解世界文学的多样性、领略不同文化的丰姿，沟通"一带一路"共建国家的民心，无疑是一种缺憾。

北京外国语大学"一流学科"建设重大项目"世界文学经典译丛"正是在这样的背景下启动的。我们旨在推介富有思想性、文学性和民族代表性的经典著作，尤其是"一带一路"共建国家那些鲜为人知的文学瑰宝。目前已出版和正在筹划中的书目之语种包括意大利语、丹麦语、阿塞拜疆语、罗马尼亚语、荷兰语、韩国语、马来语、波斯语、尼泊尔语、僧伽罗语、乌尔都语、斯瓦希里语等，以及少量英语、日语作品。这套丛书是开放的，将持续吸纳新的语种、作家和作品，以契合丛书名称里的"万国"之意。推进这一宏大的文学翻译项目是北京外国语大学发挥专业特色与学科优势的使命，也体现出各语种译者和学者"注重翻译，以作借镜"的初心。

本丛书收录的作品，绝大部分来自中小国家，它们在本国拥有极高声誉，其作者被誉为该国的"鲁迅"或"老舍"，但是在世界文学的场域中处于边缘位置。对于这类世界文学的"遗珠"，我们愿意做一名"拾贝者"，让它们在当代中国绽放光彩。各国各民族的文学有赖于翻译为其他语种的读者民众所知悉，乃至成为世界文学经典的一部分，对文化多样性有着重要意义。丛书中也有一小部分出自知名作家，如狄更斯、夏目漱石等。他们的作品被广为译介，有的作品此前已有中译本。但语言是不断发展的，读者的审美需求也在变化，再好的译本历时几代之后也有必要重译。而且，经典著作必然有其复杂性和深邃性，多译本可以从不同视角诠释其内涵，让其释放出深厚的内在力量。

我们对入选译丛的作品，首先注重其文学意义，对于该国该民族该时代而言，有其特有的文学价值，并不都是已经被确立为经典的作品。文学翻译既是文本在空间上的传播和时间上的传承，也是一种演绎和建构——这种打造"准经典"的选择就更加考验出版社、编者和译者的远见、洞察力和勇气。感谢浙江大学出版社对我们这项工程的认可，以及对注重多语种翻译、传承各国文学的认真态度。

中华民族是一个包容、开放的学习型民族，数千年来一直从世界各国汲取文明的精髓。中国历史上多次思想、技术和文化的革命都伴随着翻译高潮而来。通过翻译，我们了解和学习他国经验，也丰富和强大了自身。希望"万国文译"丛书能让今天的读者乐享、悦读，并为文学翻译、文化融通、文明互鉴贡献一份力量。

"万国文译"主编
2021 年 12 月

目 录

嫉 妒……001

三个胖国王……075

嫉妒

嫉　妒

一

他每天早上都在厕所里唱歌。你可以想象，他是个多么乐观、健康的人。唱歌是他的一种条件反射。他唱的这些歌既没调儿，也没词儿，只是各种唱法的"嗒—啦—啦"，就像这样：

　　我过得多快活……嗒—啦！嗒—啦！……我的肠子有弹力……啦—塔—塔—塔—啦—哩……我的肠液运行正常……啦—塔—塔—嘟—塔—塔……蠕动吧，肠子，蠕动吧，哐—叭—叭—当！

---

* 《嫉妒》分为两部，第一部的主人公是失意青年卡瓦列洛夫，第二部的主人公是巴比切夫的兄弟伊万。本书选译的是第一部。奥列沙曾多次承认，卡瓦列洛夫的形象是以他自己为蓝本的。——编者注

嫉　妒

　　早上他从卧室里出来，走过我身边（我正假装睡着），向屋里那扇门走去，去盥洗室，我的思绪便随他而去。我听到盥洗室杂乱的响声，对于他那硕大的体型来说，盥洗间确实小了点。他的后背在关上的盥洗室门里蹭来蹭去，胳膊肘碰到墙上，两脚来回倒腾。盥洗室门上镶着一块椭圆形的磨砂玻璃。他打开灯，从里面映亮了椭圆形玻璃，玻璃立刻变成蛋白色，漂亮得像只鸡蛋。我的脑海里浮现出这只挂在黑暗走廊里的鸡蛋。

　　他有六普特[1]重。最近，他在什么地方下楼时，发觉自己的前胸随着走路的节奏一颤一颤的，于是，他决定多练一套新体操。

　　他是一个标准的男子汉。

　　通常他不是在卧室，而是在我住的这间没有固定用途的房间里做体操。这里空气好、光线足，更宽敞，更明亮。清凉的空气从敞开的阳台门缓缓流入。另外，这里还有一个洗脸池。他从卧室拿来垫子。他赤裸上身，穿一条针织衬裤，肚子中间系着一只纽扣。房间里蓝色和粉色的世界在这只珍珠纽扣的镜头里打着转。当他仰面躺到垫子上，两条腿轮流抬起时，纽扣就绷不住了。小腹暴露无遗。他的小腹真是太完美了！皮肤上有细嫩的淡黄斑点。隐秘的禁区。种公畜的小腹。我在公羚羊身上见过这样麂皮般柔顺的小腹。姑娘们——他的女秘书和女办事员们——只要看一眼这小腹，爱情的电流就会瞬间穿透全身。

---

[1]　重量单位。一普特等于 16.38 千克。六普特约 196 斤。——译者注。

他洗脸时像个小男孩,噗噗地吹着气,连蹦带跳,打响鼻,大喊大叫。他两手捧水,没送到腋窝就洒了一垫子。大滴清澈的水珠在垫子上滚落四散。肥皂沫落到盆里,溅得像在煎薄饼。有时肥皂水刺得他睁不开眼,他就一边骂街,一边用拇指擦眼皮。他咕噜咕噜漱嗓子的声音好似鹰鹫的叫声,阳台下的路人都驻足张望。

清晨浸润在粉红色的光芒中,静谧异常。春意盎然。所有窗台上都摆着花箱。透过箱子的缝隙可以看到盛开的朱红色鲜花。

(物品都不喜欢我。家具总是故意碰我的腿。有一次,一个上了漆的家具角直接咬了我一口。我和被子的关系也总是很复杂。端给我的汤永远都太烫。若是有个什么破东西——一枚硬币或一颗袖扣——从桌上掉下,总是滚到很难挪动的家具下面。我在地板上来回爬,一抬头,看到餐柜在笑我。)

两条蓝色背带挂在他腰的两侧。他走进卧室,在椅子上找到夹鼻眼镜,照着镜子戴上,回到我的房间。他站在屋中间,两手一齐提上背带,好像把两包货物举到肩上。他不跟我说一句话。我正假装睡着。两束炽热的阳光集中照在背带的金属片上。(物品都喜欢他)。

他不需要梳头和修胡子。他的头发剪得很短,胡髭也很短——就在鼻子底下。他看起来像个大胖小子。

他拿起香水瓶。玻璃塞"哧"的一声。他把香水洒到手掌里,用手掌在圆脑袋上擦个遍——从额头擦到后脑勺,再从后脑勺擦到额头。

早上，他喝两杯凉牛奶：从餐柜里拿出奶罐，倒在杯里，不坐下就喝。

他给我的第一印象使我大吃一惊。我认为那不可能，也无法想象。他穿着优雅的灰色西装站在我面前，身上散发出香水味。他的嘴唇红润，稍微翘起，俨然一副花花公子的样子。

夜里我常常被他的鼾声吵醒。我半睡半醒，不知发生了什么。就像有人在威胁、恐吓，一直在叫："呼噜吐……呼……噜……吐……"

他分得了一套不错的房子。阳台门两边各立着一只底座锃亮的漂亮花瓶！最细腻的陶瓷花瓶，圆圆的，高高的，闪耀着柔和的血红色光彩，好似一只火烈鸟。房子在三楼。阳台架在轻飘飘的空中。宽阔的乡村街道像公路一样。街对面是一个花园——典型的、阴暗的莫斯科郊外的花园，树木葱郁，参差不齐。花园是在三面墙之间的空地上开垦出来的，活像在炉子里一般。

他是个贪吃的家伙。他不在家里吃午饭。昨晚他饿着肚子回来了，打算吃点东西。他在餐柜里什么也没找到。于是他下楼去（街角有个商店），带回了一大堆吃的：二百五十克火腿，一听油浸熏鲱鱼，几盒鲭鱼罐头，一个大长面包，足有半个月亮大的荷兰奶酪，四个苹果，十个鸡蛋和"波斯豌豆"水果软糖。他点了煎蛋和茶（楼里有公共餐厅，两名女厨师轮流值班）。

嫉　妒

"吃吧，卡瓦列洛夫。"他叫我一起吃，接着自己大口吃喝起来。他从平底锅里直接拿煎蛋吃，他剥下一块块蛋白，就像在抠掉锅上的搪瓷层。他两眼充血，一会儿摘下夹鼻眼镜，一会儿又戴上，咂吧着嘴，鼻子呼哧呼哧地吸着气，两只耳朵也在动。

我看得着了迷。您注意过这样的场景吗？盐从刀尖上落下，不留一点痕迹——刀闪闪发光，像没动过一样；夹鼻眼镜架在鼻梁上，像一辆自行车；许许多多蝇头小字围着一个人，活像蚂蚁窝里四散奔逃的蚂蚁——叉子上、勺子上、盘子上、眼镜框上、衣扣上、铅笔上，到处都是小字。没有人注意这些字。它们都在为生存而战。它们的形态变化多端，甚至是商标上巨大的字母！它们在造反——一个阶级对抗另一个阶级：街牌上的字母与海报上的字母大战起来。

他吃得撑不下了，拿刀伸手去够苹果。不过，只切开了一个黄苹果，他就丢下了。

一位人民委员在讲话中高度赞扬过他：

安德烈·巴比切夫是我国的优秀人物之一。

他，安德烈·彼得罗维奇·巴比切夫，是食品工业托拉斯经理。他是香肠大师、伟大的糖果点心师和厨师。

而我，尼古拉·卡瓦列洛夫，是他身边的一名小丑。

嫉　妒

二

他管理与吃相关的一切。

他贪婪，嫉妒心强。他恨不得一人煎掉所有鸡蛋、馅饼、肉饼，自己烤出所有的面包。他渴望自己能生出食物。他真的生了"25戈比[1]"。

他的孩子不断成长。"25戈比"将长成一幢高楼大厦，一个最伟大的食堂，一间最伟大的厨房。两道菜的午餐只花25戈比。

他向各个厨房开战。

上千个厨房都败下阵来。

他将消灭所有手工做饭的方法，让各种小包装、瓶瓶罐罐不复存在。他要把所有的绞肉机、煤油炉、平底锅、水龙头联合起来……可以说，这将是厨房的工业化。

他组织了一系列委员会。苏联工厂制造的蔬菜加工机优质上乘。德国工程师正在建造厨房。很多企业正在完成巴比切夫的订单。

我还得知关于他的下述情况：

一天早上，他，托拉斯经理，腋下夹着公文包——一位端庄体面的公民，尽显国家要员的风度——从杂乱无章的后门爬上一座陌生的楼梯，敲了第一扇门。像哈伦·拉希德[2]那样，他

---

[1] 货币单位。戈比与卢布就类似人民币的分与元。——编者注
[2] 哈伦·拉希德（764—809），阿拉伯帝国阿巴斯王朝第五任哈里发。世界名著《一千零一夜》生动地渲染了其许多奇闻轶事。——译者注

嫉　妒

访问了郊区工人楼里的一间厨房。他看见了煤烟和污垢，气势汹汹的妇女在烟雾缭绕中忙来忙去，孩子们哭叫不停。所有人一齐冲他发火。他碍了大家的事——这个庞然大物，占了她们太大地方，挡了她们的阳光和空气。还有，他拿着公文包，戴着夹鼻眼镜，优雅又干净。横眉怒目的女人们判定：显然，他是某个委员会的委员。她们两手叉腰，向他挑战示威。他溜走了。就是因为他（他身后传来叫骂声），煤油炉灭了，玻璃杯裂了，汤里的盐也放多了。他走了，想说的话一句也没说。他缺少想象力。他本该这样大讲一通：

> 妇女们！我们要吹掉你们身上的烟渍，清除你们鼻孔里的烟雾、耳朵里的喧嚷声。我们会瞬间让土豆神奇地剥皮；我们会把被厨房偷走的时间还给你们——你们将夺回半生的时间！你，年轻的妻子，给丈夫做汤，你把半天时间都花在煮那一点点汤上！我们要把你们这一点点汤变成波光粼粼的海洋，让菜汤流成大洋，粥堆积如山，果羹淌成河！听着，主妇们，等着吧！我们向你们保证：瓷砖地板将洒满阳光，铜桶会油光锃亮，盘子将如百合花般洁净，牛奶会像水银般浓稠，菜汤会香气四溢，让餐桌上的鲜花望尘莫及。

他就像江湖大师一样，可以同时现身于十处。

在工作笔记中，他经常使用括号和着重号，担心别人看不

嫉　妒

懂和弄错他的意思。

这就是其中的例子：

> 普罗库金同志！
> 请根据顾客的喜好（巧克力，夹心）制作糖纸（12种样品），但要新式包装。不要"罗莎·卢森堡"[1]（我知道，这个名字已经存在——是一种水果软糕！！）——最好是采用什么科学名词（或者富有诗意的——地理名称？天文学名词？），名称既要严肃，听起来还要吸引人——"爱斯基摩"？"望远镜"？明天，星期三，一点到两点之间给我往办公室打电话报告。切记。

> 福明斯基同志！
> 请下令在午餐第一道菜（50戈比和75戈比的午餐均如此）每个盘子里都加一块肉（须切得整整齐齐，像私营饭店一样）。请严格追办此事。请确认下列情况是否属实：(1)下酒菜端上桌时未用托盘？(2)豌豆太小，未泡好？

他事无巨细，要求严苛，不信任他人，做事耐心细致，好像一个钥匙管家。

上午十点，他从纸盒厂回来。有八个人在等着见他。他接

---

[1] 罗莎·卢森堡（1871—1919），国际共产主义运动史上杰出的马克思主义思想家、理论家、革命家。——译者注

嫉　妒

待了：（1）熏制车间主任。（2）远东罐头托拉斯全权代表（他抓起一盒螃蟹罐头就跑出办公室，不知给谁看去了；回来后把罐头放在胳膊肘旁，久久无法平静下来。他一直盯着蓝色罐头盒看，喜笑颜开，不时搔搔鼻子）。（3）仓库建筑工地来的工程师。（4）一名德国人——关于卡车的事情（他们说德语，最后他大概说了句谚语，因为押韵，主客两人都哈哈大笑起来）。（5）带来一份广告画草图的画家（他不喜欢；他说，应该用罕见的蓝色——用化学颜色，不要浪漫的色调）。（6）某个承包餐厅的老板，他的袖扣如同乳白色的小铃铛。（7）一个胡子卷曲的瘦弱的人，谈牲畜的头数。最后（8）一个可爱的村夫。最后这场会见有些特别。巴比切夫站起来，张开双臂迎上去。来者吸引了整个办公室的注意——他笨拙得迷人，腼腆，面带微笑，晒得黝黑，眼睛明亮，完全就是托尔斯泰笔下的列文[1]。他的身上散发着各种野花和奶制品的香味。他们聊国营农场的事。在场的人脸上都露出心驰神往的表情。

4点20分他去参加国民经济高级委员会会议。

三

晚上，在家里，他坐在棕榈色灯罩下。他面前放着几张纸、记事本、写有一排排数字的小纸条。他翻阅着台历，跳起来在书架上找东西，取出一些文件夹，跪到椅子上，肚子靠在

---

[1]《安娜·卡列尼娜》中的人物。一个有追求的农场主。——编者注

桌子上，双手托住胖脸蛋，读了起来。绿色桌面上铺着一块玻璃板。说到底，这些有什么特别的？这个人在工作，这个人晚上在家里工作。这个人聚精会神地在读一张纸，还一边用铅笔抠耳朵。没有任何特别的地方。但他所有的举动都在说：你，卡瓦列洛夫，是个庸人。当然，他没有这样说出来。他脑子里应该也没有这种想法。但这是不言自明的。有个第三者在向我这样说。当我观察他的时候，某个第三者惹得我怒气冲天。

"25戈比！25戈比啊！"他嚷道，"25戈比啊！"

他突然哈哈大笑起来。他在文件上读到或在一排排数字里看到了什么滑稽可笑的东西。

他叫我到他跟前去，他笑得喘不过气来。他哄堂大笑，手指往纸上戳。我跟着望去，什么也没看到。是什么逗得他大笑？我没看到有什么可笑的地方，他却看到了荒诞不经的东西，令他大笑不止。我惊诧地倾听着他的笑声。这是一个祭司的大笑声。我听着他的笑声，就像一个瞎子在听火箭的爆炸声。

"你，卡瓦列洛夫，是个庸人。你什么都不懂。"

尽管他没这么说，但这不言而喻。

有时他深夜也不回家。这时我就会得到他的电话指示：

"是卡瓦列洛夫吗？您听着，卡瓦列洛夫！粮食制品公司要给我打电话。请告诉他们打270305，转62分机，您记下来。记下来了吗？62分机，中央租让委员会。再见。"

的确，粮食制品公司给他打电话了。

嫉　妒

我问:"是粮食制品公司吗?巴比切夫同志在中央租让委员会……什么?在中央租让委员会,打270305,62分机。记下来了?62分机,在中央租让委员会。再见。"

粮食制品公司打电话找托拉斯经理巴比切夫。巴比切夫在中央租让委员会。这跟我有什么关系?不过,很高兴我间接参与了粮食制品公司和巴比切夫的事业。我感受到了行政命令的快感。但是我的角色很渺小,奴仆的角色。这是怎么回事?因为我尊重他吗?还是害怕他?不。我认为自己不比他差。我不是庸人。我要证明这一点。

我想抓住他的什么短处,发现他的弱点和缺陷。当我第一次看到他早上洗漱时,我坚信,我抓到了他的缺陷,牢不可破的他不堪一击了。

他一边擦干身子,一边从自己的房间走到阳台门前,用毛巾抠耳朵,背对着我。我看见了他的背部,阳光下肥硕的躯体,我差点大叫起来。他的背把一切暴露在外。他身上的油脂细腻,黄黄的。一个人命运的画卷展开在我面前。巴比切夫的祖先悉心呵护皮肤,其祖先的躯体上满是一层层软软的脂肪。细嫩的皮肤、高贵的肤色和清晰的色素沉着都遗传给了这位委员。最重要的是,在他腰上我看到了一块胎记,很特别的、遗传的贵族胎记——充血、透明,脱胎于母体的柔软的小东西。凭借这个标记,几十年后母亲也能认出被偷走的孩子。

"您是个老爷,安德烈·彼得罗维奇!您在装假!"我差点脱口而出。

可他转过身来，前胸对着我。

在他胸上，右锁骨下有一道疤痕。圆形，有些凸起，像压在蜡上的硬币印迹。好似这里长过一根树枝，后来被砍掉了。巴比切夫服过苦役，逃跑时中过枪。

"伊俄卡斯忒[1]是谁？"有一次他突然没头没尾地问我。从他脑子里总是跳出（尤其是在晚上）一些意想不到的怪问题。他整天都在忙。但他的眼睛常常滑过海报、橱窗，耳朵总是从别人的谈话中捕捉只言片语。他的肚子里不断输入各种原料。我是他唯一一个非公务性交谈的对象。他觉得有必要跟我聊聊。他认为我不能应对严肃的话题。他知道，人们在休息的时候常常聊天，他决定尊重这个人类共同的习惯。接着，他问了我一些无聊的问题。我一一回答。我是他身边的一名傻瓜。他认为我是个傻瓜。

"你喜欢黑橄榄吗？"他问道。

"是的，我知道伊俄卡斯忒是谁！对，我喜欢黑橄榄，但我不想回答愚蠢的问题。我不认为自己比您笨。"我本该这样回答他。可我没有勇气。他压制了我。

四

我寄住在他这儿两个星期了。两周前，他收留了我，当时我喝醉了，夜里躺在酒馆门口……

---

[1] 伊俄卡斯忒是希腊神话中忒拜国王拉伊俄斯之妻，俄狄浦斯的母亲和妻子。——译者注

嫉妒

他们把我从酒馆强行赶了出来。

酒馆里的那场争吵是一步步激化起来的；起初，没有任何要闹出乱子的迹象——相反，两桌人之间本可以和气相处。喝醉的人都喜爱交际。那一大帮人中坐着一位妇女，她请我加入他们一桌，我准备接受邀请。这位女人漂亮，瘦削，身穿一件蓝丝衬衫，衣服轻飘飘地搭在锁骨上。她不过是对我开了个玩笑——我受了侮辱，于是走到一半便返回自己的桌子，像举着一盏灯似的，手里握着杯子。

就在这时，各种玩笑话像冰雹似的接连向我袭来。我当时的样子可能看上去的确很可笑：一个头发乱蓬蓬的家伙。紧接着，一个嗓音很低的男人咯咯地大笑，他们还向我扔豌豆。我绕自己的桌子转了一圈，面对他们站着——啤酒溅到大理石桌上，我的大拇指卡在杯子把里，拽不出来——我喝得酩酊大醉，忍不住把憋在肚子里的话一股脑儿倒了出来：自惭形秽和自高自大汇聚成一股苦水，涌上喉咙。

"你们……这帮鬼东西……一堆四处流窜的混蛋……抢来了这个姑娘……"周围的人都侧耳细听：这个头发蓬乱的家伙说话怪怪的。他的话音压过了吵吵嚷嚷的声音。"您，坐在右边棕榈树下的那个，是头号怪物。站起来让大家看看……请注意，同志们，尊敬的各位观众……嘘！乐队，来支华尔兹！旋律柔和的华尔兹！您的脸是上了套的马。嘴巴上横着一道道皱纹——这不是皱纹，是缰绳；您的下巴是犍牛，鼻子是患了麻风病的车夫，其余都是大车上的货物……请您坐下。下一个

嫉　妒

是二号丑八怪……脸蛋活像膝盖……漂亮极了！公民们，看看吧，一群怪物路过这里……您呢？您是怎么进来的？你的耳朵听懂了吧？贴在抢来的姑娘身边坐的那位，您问问她，对您的满脸粉刺有什么看法？""同志们——"我转身环顾四面八方，"他们……就是这帮家伙……他们嘲笑我！瞧，就是他哈哈大笑……您知不知道您是怎么笑的？您那笑声好像空灌肠器发出的声音……姑娘……'花园里春意正浓，玫瑰乃花中之王，向您这十八岁的妙龄少女，向您开火！……'姑娘！喊吧！求救啊！我们一定会救您。这是什么世道？他摸您，您就畏缩了？或许您觉得很愉快吧？"我停了一下，接着得意扬扬地说，"我叫您呢！来，坐到我这儿。您为什么嘲笑我？我站在您面前，陌生的姑娘，请求您：不要丢下我。您只要站起来，推开他们，大步走到这儿来。您期待他，他们，给您什么呢？……什么？……柔情？智慧？爱抚？忠诚？到我这儿来吧。我甚至感觉和他们相提并论可笑得很。您从我这得到的要多得多……"

　　我边说边为自己的话感到惊恐。我突然想起自己做过的那些特别的梦，在梦中我知道：这是在做梦——想做什么就做什么，我知道自己会醒来。不过，现在看来不是这样：不会醒过来了。一团混乱不清的线球无可挽回地越缠越大。

　　他们把我从酒馆里扔了出来。

　　我躺在那里，昏迷不醒。后来，我醒过来，说道：

　　"我叫她们，可她们不来。我召唤这帮贱货，可她们不来。"（我的这些话是针对所有女人的。）

我躺在下水井边,脸搭在井盖上。我吸着井里的空气,一股腐浊的霉味,一股刺鼻的霉味;井里黑乎乎的气团中有什么东西在微微颤动,那是一堆垃圾。倒在地上的一瞬间,我看到了井口,这个回忆控制了我的梦。它凝聚了我在酒馆里遭遇的那种惊慌和恐惧、羞辱和害怕惩罚的感受;于是,在梦里它变为一场追逐——我不顾一切地飞跑——为了逃生拼尽全力,梦也戛然而止。

我睁开眼睛,庆幸自己得救了,高兴得发抖。但这种兴奋劲不够纯粹和彻底,我以为这是从一个梦跌进了另一个梦境。在新的梦里,主要角色是我的救星——那个救我逃离追捕的人。我不停地吻他的双手和衣袖,以为是在梦中——我抱着他的脖子,失声痛哭起来。

"为什么我这么不幸?……我活在这个世上太难了!"我喃喃自语。

"把他的头抬高点。"我的救星说。

他们用汽车把我拉走了。醒来时我看到了天空,苍白、明亮的天空;从脚下往头顶飞逝而过。梦里伴着轰轰隆隆的响声和头晕,常常被一阵阵恶心打断。早上醒来时,我吓得伸手去摸两条腿。还没弄清楚我在哪里,这是怎么回事,我就想起了推撞和摇晃。我被一个念头深深地刺痛了,是一辆救护车送我来的,我喝醉了,被截断了双腿。我伸手去摸,以为一定会摸到缠着绷带、酒桶一般又圆又粗的两条腿。可实际完全不是这样:我躺在沙发上,房间宽大、干净、明亮,带有一个阳台,两扇窗户。那是清晨时分。阳台的石墙静静地罩上了一层温馨的玫瑰色。

早上我们相互认识后,我向他讲述了自己的情况。

"您那样子真可怜,"他说,"我特别怜悯您。您也许不高兴:一个人为什么要干涉别人的生活?那么,请您原谅。然而,要是你想过正常的生活,我会非常高兴。我这儿地方很大,阳光和空气都很好。还有您可以做的工作——瞧,校对校样、摘选资料。您愿意吗?"

是什么原因让这位声名显赫的大人物如此屈尊俯就一个素不相识、行踪可疑的年轻人?

五

一天晚上,我揭开了两个秘密。

"安德烈·彼得罗维奇,"我问道,"相框里这人是谁?"

他的桌上放着一张黑头发、黑皮肤的年轻人的照片。

"什么?"他总是这样重问一遍。他的思绪全部放在文件上,他不能马上收回来。"什么?"他还是心不在焉的样子。

"这小伙子是谁?"

"啊……这人叫瓦洛佳·马卡洛夫,很优秀的一个年轻人。"(他从不跟我正常说话,好像我不可能问他什么严肃的事。我总觉得,从他这儿我得到的回答不是一句谚语,就是几句歌词,或者直接"哼"的一声。这不——他不用普通的语调回答我,"很优秀的一个年轻人",而是抑扬顿挫、几乎拖长音调高声说:"年——轻——人!")

"他优秀在哪儿?"我恶狠狠地问,以示回击。

但他丝毫没觉察到我的懊恼。

"没什么。一个平平常常的年轻人。大学生。你睡的是他的沙发。"他说,"是这么回事,他就像我儿子一样,跟我在一起生活十年了。瓦洛佳·马卡洛夫。现在他走了。去他父亲那儿了。去穆罗姆了。"

"哦,是这样……"

"是啊。"

他站起来,踱来踱去。

"他十八岁,是个出名的足球运动员。"("啊,足球运动员。"我心想。)

"好啊,"我说,"这实在太棒了!当个著名的足球运动员——这的确是挺大的本领。"("我在说些什么?")

他没听见我的话。他沉浸在无上幸福的思绪中,从阳台凝望远处的天空。他心里想着瓦洛佳·马卡洛夫。

"这是个跟任何人都不相像的年轻人。"他转身朝向我,突然说道。(我看得出,他的心里想着这个瓦洛佳·马卡洛夫,可站在这里的却是我,这让他感觉受了侮辱。)"首先,我非常感激他的救命之恩。十年前他救了我,使我免受迫害。我的头原本要被放到铁砧上,用铁锤打烂。他救了我的命。"(他喜欢讲那个人的功劳。显然,他经常回想起这一功劳。)"但这并不是主要的，主要的是其他方面。他是个全新的人。好啦。"（他回到桌边。）

"您为什么收容我，把我带回来？"

"什么？啊？"他含混不清地说道。过了一秒钟，他才听到我的问题。"为什么把您带回来？您的样子很可怜。没法不对您的不幸产生同情之心。您号啕痛哭。我非常可怜您。"

"那沙发呢？"

"什么沙发？"

"要是您那位小伙子回来……"

他毫不犹豫，高高兴兴地直接回答道：

"那您就得把沙发腾出来……"

我应该站起来朝他那张脸上抡一拳。您看，他于心不忍，他这位鼎鼎有名的人物怜悯一个倒霉的、误入歧途的年轻人。但这种怜悯是暂时的，直到主要人物回来为止。他只是晚上寂寞无聊而已。然后他会把我赶走。他在说这些时现出一种厚颜无耻的样子。

"安德烈·彼得罗维奇，"我说，"您明白您说了什么吗？您真无耻！"

"什么？啊？"他的思绪从纸上移开。现在他的听觉会给他重复一遍我的话。我祈祷，希望他听错了。难道他听清楚了？算了。一笔两清。

但一个外部原因阻止了事情的发展。我注定不会从这间房子里被撵出去。

嫉　妒

阳台下，街上有人大喊：

"安德烈！"

他转过头去。

"安德烈！"

他猛地站起来，一只手撑住桌子。

"安德留沙！亲爱的！"

他走到阳台上。我靠近窗前。我俩都往街上望去。一片漆黑。只有窗里映出的微弱光线照在马路上。街中间站着一个宽肩膀、矮个子的人。

"晚上好，安德留沙。最近好吗？'25戈比'的事情怎么样？"（我从窗户看得到阳台和高大壮实的安德留沙。我听得见，他的鼻子呼哧呼哧地喘着气。）

街上那个人不停地大呼小叫，但声音小了一点：

"你怎么不说话？我是来告诉你一个好消息。我发明了一台机器，名叫'奥菲利亚'。"

巴比切夫飞快地转过身。他的影子投到街对面，差点把对面花园里的一簇簇树叶搅动起来。他坐到桌旁，手指敲打着桌板。

"小心，安德烈！"传来喊声，"别神气，我会要你命的，安德烈……"

于是，巴比切夫又跳了起来，握紧拳头，飞奔到阳台上。树木飒飒作响。他的影子像尊佛像一般罩在城市上空。

"你在和谁干仗，混蛋？"他说。阳台栏杆跟着直摇晃。

他的拳头捶得砰砰响。"你在和谁干仗,混蛋?从这里滚开。我这就命令把你逮——起——来!"

"再见。"楼下传来说话声。

胖乎乎的男人脱下帽子,伸出胳膊,挥动着帽子。(是圆顶礼帽?好像是圆顶礼帽?)他故作彬彬有礼。安德烈已经不在阳台上了;那人很快戴上帽子,从路中间走掉了。

"这个家伙!"巴比切夫对我喊道,"瞧,您瞧瞧。是我兄弟伊万。真是个混蛋!"

他气冲冲地在房间里踱来踱去,接着又朝我大嚷:

"伊万是什么人?什么人?懒蛋,有传染性的、有害的人。应该给他毙了!"

(相片中那个黑头发、黑皮肤的小伙子在笑。他长得像个平民。他特别露出发亮的白牙,露出一排亮闪闪的白牙——活像个日本人。)

六

晚上。他在工作。我坐在沙发上。我们之间有一盏灯。灯罩(从我这儿看是这样)盖住了他的上半张脸,脸的上半部没有了,下半脑袋挂在灯罩下。整个脑袋像是染了色的储钱罐。

"我的青春和本世纪的青春正好赶在一起了。"我说。他没听。他的冷漠让我感觉受了侮辱。

"我常常思考这个世纪。我们这个时代好极了,这是运气好——对吗？如果这么赶巧：世纪的青春和一个人的青春凑在一起。"

他的听觉对词的押韵很有感应。押韵对一个严肃的人来说是可笑的。

"世纪的——人的！"他重复说。（如果你对他说，他刚刚听到且重复了两个词，他一定不会相信。）

"在欧洲，一个有天赋的人有广阔的天地去功成名就。那里大家都喜欢别人出名。只要你做了什么出色的事，人们就把你举起来，送到荣誉大道上……我们这儿没有让个人获得成功的道路。说得对吧？"

我似乎在自言自语。我发声，说话——随我怎么说。我的说话声也没有打扰到他。

"在我们国家，在通向功成名就的路上设置了层层路障……有天赋的人或者黯然失色，或者不怕惹出麻烦去推掉路障。比如，我很想跟人争论；我渴求展示自己个人的力量；我想获得个人的荣誉。我们这儿害怕关注个人，但我想得到更多的关注。我希望自己出生在一个法国小镇，在幻想中长大，为自己确定一个崇高的目标。在一个美好的日子里我离开小镇，步行去首都，在那里我拼尽全力，达到了自己的目标。可我并不生在西方。现在人们都对我这样说：别说你——连最优秀的人都不值一提。于是我逐渐开始习惯了这个值得争辩的真理。我甚至常常这样想：当个音乐家、作家、统帅，走钢丝穿过尼亚加拉瀑布，就可以闻名天下……这是获得功名的合法途径。

人要展露自我，就得努力奋斗……可是你看，我们这儿都在大谈要目标明确，要对社会有益，一个人要对各种事物和事件保持清醒的现实主义态度——我要突然搞出一件非常荒谬的事，搞出一场妙不可言的闹剧，然后我说：'是的，你们都那样，可我偏这样。'我要到广场上去闹一番，向四周鞠躬致意：我活过了，做了自己想做的事。"

他什么也没听见。

"哪怕可以这样做：自杀。平白无故地自杀。出于胡闹。为了证明每个人都有掌控自我的权利。甚至现在就动手。吊死在您家门口。"

"您最好在最高国民经济委员会门口上吊，在瓦尔瓦拉广场，现在是诺金广场，那里有个大拱门。看见过吗？在那儿上吊效果更好。"

我搬到这儿之前住的那个房间里有一张可怕的床。它像幽灵一样令我不寒而栗。它像木桶一样硬，里面好像有骨头在咯吱作响。床上有一条蓝色毯子，是饥荒那年我在哈尔科夫报喜市场买的。有个妇人在那儿卖馅饼。馅饼用毯子盖着，越变越凉，但还没散尽生命的热量。它们活像一窝小狗，在毯子下面咿呀作声，蠢蠢欲动。那时我和所有人一样过得很糟，这个画面显得幸福和温馨，充满家庭的温暖，当天我下定决心：给自己买一条这样的毯子。梦想实现了。在一个美丽的夜晚我钻进蓝毯子里。我在毯子里全身发热，翻来覆去，我暖和得动来动去，就像一块明胶。那次入睡的感觉妙不可言。但时间长了，毯子上的花纹都被撑开了，变得歪歪扭扭。

此刻我睡在一张极好的沙发上。

我故意挪动身体，好让崭新的、生硬的、紧绷绷的弹簧发出响声，好似从深处发出一阵阵流动的声音。我产生一种感觉，好像一串串气泡直往水面上冒。我像个婴儿似的进入梦乡。睡在沙发上，我飞回童年时代。我沉浸在无上幸福中。我像孩子一样又可以支配短暂的时间了：从眼皮开始发沉，昏昏欲睡，到真正睡着。我又能够延长这短暂的一刻了，又可以津津有味地享受这个时刻了。各种令我心满意足的想法占据了这段时间。我没有进入梦乡，保持着清醒的意识——我已经看到思想是如何在梦里变为实在之物的，就像从水底深处咕咕冒出的气泡变成了一颗颗快速滚动的葡萄，又变成了一串串丰美的葡萄，还有爬满葡萄藤的篱笆墙；沿着葡萄藤走有一条路，阳光明媚，炎热……

我二十七岁。

有一次换衬衫的时候，我看见了镜子里的自己，猛然间发现自己与父亲出奇地相似。事实上，我和父亲并不相似。我想起父母的卧室，我还是个孩子，看着父亲在换衬衫。我很可怜他。他已经不可能再漂亮和出名了，他已经成型、长成了，除了现在的样子，他不可能变成其他的样子。我一直这样想着，怜悯父亲，为自己高他一筹而暗暗窃喜。但现在我在自己身上看到了父亲。这是形式上的相似——不，是别的方面相似：要我说——是性别相同，好像突然在自己身上、自己的本体中感觉到了父亲的精液。好像有人对我说：你已经成形、长成了，不会再有什么变化了，你生个儿子吧。

我已经既不可能变漂亮，也不会成为名人了。我不会从一座小城到首都去。我既不会成为统帅、人民委员，也不能变成学者、田径运动员、冒险家。我一生都梦想获得非同寻常的爱情。很快我就要回到原来的住所，回到那个有一张可怕的床的房间去。那里住着一个悲伤的邻居：寡妇普罗科波维奇。她四十五岁了，可院里的人都叫她"安涅奇卡"。她为理发师合作社做午饭。她把厨房安在走廊里。在黑魆魆的凹台上放着一个炉灶。她养了几只猫。温顺的瘦猫如同电流嗖地一闪跳到她手上。她把一些下水扔给猫吃，这样一来，地板上点点滴滴，摊着像珠母色的唾液。有一次，我脚下一滑，踩到一个什么动物的内脏——又小又实，像栗子一般。她走路时，猫和动物的筋腱不时绊住她的腿。她手里拿着一把闪闪发光的刀。她用胳膊肘扯断肠子，就像童话里的公主扯断蜘蛛网。

普罗科波维奇又老又胖，皮肤松弛。她像根下水做的灌肠，一挤可以来回滑动。早上我常在走廊洗手盆旁碰到她。她还没穿好衣服，用女性的微笑看着我。在她的门旁，凳子上放了一只脸盆，里面浮着梳掉的头发。

寡妇普罗科波维奇标志着对我男性尊严的侮辱。事情就是这样的：我准备好了，夜里您有意走错了门，我故意不锁门，我要接纳您。我们一起生活、享乐。您放弃对非同寻常的爱情的梦想吧。一切都已经过去了。邻居，看看您自己都变成什么样子了：胖胖的，裤子也短了。那么，您还想要什么？要那位姑娘？胳膊细长的那位？想象中的那位姑娘？鸭蛋脸的？行了吧，您已经是个老爷爷了。来吧，啊？我的床棒极了。这是我死去的丈夫中彩票赢的。我的被子是绗过的。我会照顾您的，我会怜爱您的，好吗？

有时，她的目光里明显地流露出下流不堪的神色。有时碰到我，她从喉咙里滚出一串圆润纤细的嗓音，是被心里的欢喜和兴奋顶出来的。

我不是老爷爷，厨娘！我跟你不是一对，贱货！

我在巴比切夫的沙发上睡着了。我梦见一个可爱的姑娘微笑着钻进我的被里。我的梦想成真了。但我该怎么感激她呢？我感到恐惧起来。没有人不计代价地爱过我。妓女都使劲想从我身上勒走更多的钱——她会向我索要什么呢？在我的梦里，她似乎猜出了我的想法，于是她说：

"啊，别担心。一共25戈比。"

我想起一件很久以前的事情：我，一个中学生，被大人带去参观蜡像馆。在一个玻璃展柜里，摆放着一个穿着燕尾服的英俊男子，他的胸部有个血淋淋的伤口。他奄奄一息，倒在一个人的臂弯里。

"这是法国总统卡诺[1]，被一个无政府主义者开枪射伤了。"父亲给我讲解道。

---

[1] 萨迪·卡诺（1837—1894），法兰西第三共和国第四任总统（1887—1894年在位）。法国历史上第一个因刺杀身亡的总统。——译者注

嫉　妒

　　总统就要咽气了，他眼皮向上翻，气若游丝。总统的生命就像钟表上的时间一样在慢慢地流逝。我看得着了迷。一个胡子上扬的英俊男人躺在绿色的展柜里。这真是太美了。那是我第一次听到时间的巨大轰鸣。时间在我头上轰隆隆地飞逝而过。我热泪盈眶，决定要成为一个名人，有一天我的蜡像也要光彩夺目地立在这种绿色展柜里，它发出时代的喧嚣声，而这种响声只有少数人才能听得到。

　　现在我正为小型文艺节目的演员编排节目：写关于财政监察员、苏维埃小姐[1]、耐普曼[2]和赡养费的独白与歌词。

　　　　机关里吵吵嚷嚷
　　　　那里的一切早就乱作一团
　　　　有人把一面大鼓
　　　　送给打字员丽佐奇卡·卡普兰……

　　也许终有一天，在伟大的博物馆里会摆放一个怪人的蜡像。他大鼻子，一副苍白的、和善的面孔，头发蓬乱，胖实得像个小男孩。他穿着一件上衣，只有肚子上有一颗扣子；展柜上挂着的牌子上写着：

　　　　尼古拉·卡瓦列洛夫。

1　十月革命后对不积极参与社会活动的年轻女职员的一种蔑称。——译者注
2　苏联新经济政策时期的企业主或商人。——译者注

再没有其他的内容。只有这些。每一个看到牌子的人都会"啊!"的一声。还会想起一些故事,也许是传说:"啊,这就是生活在著名的时代的那个人。他憎恨所有人,嫉妒所有人,他自高自大,得意忘形,整日耽于各种伟大的计划,想做许多事情,但什么也没做成——最后犯了卑鄙无耻、令人发指的罪行而了此一生……"

七

我从特维尔大街拐进了一条小巷。我要去尼基塔街。清晨,小巷仿佛有很多关节一般。我就像严重的关节炎,从一个关节挪到另一个关节。物品都不喜欢我。小巷被我折腾得痛苦不堪。

一个戴着圆顶礼帽的小个子走在我前面。

起初,我以为他着急赶路——但很快发现,这人走路的方式就是急急忙忙的,他的整个身体都一颤一颤的。

他拿着一个枕头。他悬空抓住罩着黄色羽绒枕套的枕头一角。枕头来回打他的膝盖。枕头上的凹陷也随之时隐时现。

在市中心小巷里的一些地方,常可以看到鲜花绽放的、充满浪漫色彩的栅栏。我们沿着栅栏向前走。

树上有只鸟一闪,又一抖,吱喳一叫,有点像剃头推子的声音。走在前面的人回头看了下鸟。我走在后面,只看到了他的侧面,他的半张脸。他微笑着。

"是不是很像？"我惊得差点喊出来，我确信他也在想鸟叫声像剃头推子的声音。

圆顶礼帽。

他脱下帽子，抱着，像抱着一个大面包。另一只手里抓着枕头。

窗户都敞开着。二楼的一扇窗里隐约可见一个插着花的蓝色花瓶。花瓶吸引了矮个子的注意。他走下人行道，走到马路中间，在窗下停住，抬起脸。他的帽子挪到了脑后。他紧紧抓住枕头，膝盖上已沾满了羽毛。

我躲在一块挡板后面注视着他。

他对着花瓶喊道：

"瓦莉娅！"

立时，一个穿着粉红色衣服的姑娘旋风般现身窗前，花瓶应声翻倒。

"瓦莉娅，"他说，"我是来接你的。"

一阵寂静。花瓶里的水流到檐板上。

"看，我带来什么了……看见了吗？（他双手把枕头举到肚子前面。）认识吗？你枕着它睡过。（他笑起来。）回来吧，瓦莉娅，回到我身边。你不愿意？我给你看'奥菲莉娅'，你不想看？"

又是一阵寂静。姑娘趴在窗台上，头发蓬乱，脑袋举到窗外。花瓶翻倒在她身边。我想起，我刚一出现，姑娘瞧见街上站着人，就用胳膊肘支着窗台探出身来，现在胳膊肘已经累得支不住了。

天空飘着朵朵白云。玻璃窗上，窗户里，云朵的轨迹交织在一起。

"我求你，瓦莉娅，回来吧！很简单：跑下楼就行。"

他等待着。

看热闹的人都驻足观望。

"你不想回来？好吧，再见。"

他转过身，正了正帽子，顺着小巷中间朝我走来。

"等等！等等，爸爸！爸爸！爸爸！"

他加快脚步，跑了起来。从我身边跑过去。我看得出：他已不年轻。他跑得气喘吁吁，脸色苍白。看上去有点滑稽：一个胖乎乎的人胸前贴着枕头在跑。不过，他一点都没有思虑迷糊不清的样子。

窗口已空无一人。

她正急忙追了上去。她一直跑到拐角，那里是小巷的尽头，静僻无人。她没有找到他。我站在栅栏旁。姑娘往回走。我抬脚向她走去。她想了一下，以为我能帮她，以为我知道些什么，于是停下脚步。眼泪顺着脸颊往下流，好像顺着花瓶向下流一样。她挺起身，急切地准备向我问些什么，但我止住了她，说道：

"您从我身边掠过，就像一树繁花，枝繁叶茂。"

晚上，我在校对校样：

"……这样，屠宰时蓄积的血可以加工成食品，制作香肠,或用来生产白蛋白、黑蛋白、胶水、纽扣、颜料、矿质肥料,以及牲畜、家禽和鱼的饲料。各种牲畜的生脂肪和含脂肪的有机废料都可用于制造食用油脂——荤油、人造黄油、人造油;以及生产工业用油——甘油硬脂酸酯、甘油、润滑油。畜头和羊腿可用电动螺旋钻、自动清洗机、燃气烧燎机、切割机和烫洗池加工成食品、工业用骨脂、各种制品用的干净毛发和骨头……"

他在打电话。他每晚都要接十多次电话。要跟他通话的人太多了。突然,我听到:

"这不是残忍。"

我留神倾听着。

"这不是残忍。你要问我,我就说:这不是残忍。不,不!你完全可以安心。你听到了吗?他低三下四?什么?在窗户下面走来走去?别信他。这是他的把戏。他也在我的窗户下面站过。他喜欢这样,他总是在窗下踱来踱去。我知道他。什么?啊?你哭了?哭了整整一个晚上?你哭一晚上没有用。——会发疯?那我们就把他送到卡纳特奇科瓦[1]去。奥菲莉娅?哪个奥菲莉娅?哦……你别在意。奥菲莉娅——这是胡言乱语。——随便你吧。可是我说:你做得对。——是啊,是啊。——什么?枕头?真的?(哈哈大笑)我想象得到。怎么?怎么?你枕着睡过觉的那个?真没想到。——什么?每个枕头都有自己的故事。总之,你不要犹豫了。——什么?——是,

---

[1] 指莫斯科卡纳特奇科瓦别墅。——译者注

是！（接着他不再说话，好长时间都在听电话。我坐立不安。他突然大笑起来。）繁花？什么？什么繁花？枝繁叶茂？枝和叶？什么？这大概是和他一伙的什么酒鬼。"

八

请想象一下有一根普通的煮熟的茶肠[1]：很粗，像从一根巨大的、沉重的木头上截下的一段圆木。它的尾端外皮皱巴巴地黏在一起，拧了个结，奔着一段绳头。香肠倒挺像样。大概有一公斤多重。表面有层水汽，外皮下的肥肉露出黄色花点。在切口处，肥肉却是白色斑点。

巴比切夫把肠放在手心上。他在说话。门不停地打开，很多人走了进来。屋里挤满了人。香肠搭在巴比切夫红润的大手掌上，就像一个活物。

"太棒了，是吧？"他立刻冲着所有人问，"对吧，你们看看……可惜沙皮罗不在这儿。我们一定要把沙皮罗找来。嘀——嘀。棒极了！给沙皮罗打电话了吗？占线？再打……"

随后香肠被放到了桌上。巴比切夫满怀爱意地垫上了一只盘子。他一边向后退，一边目不转睛地盯着香肠，屁股贴到扶手椅上，坐下来。两只拳头撑着大腿，哈哈大笑起来。然后举起拳头，看到了手上沾的肥油，舔了舔。

---

[1] 茶肠是俄式香肠的主流，粗如胳膊。虽名"茶肠"但并不含茶叶成分，而是来自俄语香肠一词的音译。——编者注

嫉　妒

"卡瓦列洛夫！（笑声过后）您现在有空吗？请您去沙皮罗那儿一趟。去仓库。知道吗？直接去找他，拿上它。（眼睛望着香肠）您带去——让他看看，给我打电话。"

我带着香肠到仓库去找沙皮罗，巴比切夫则在四处打电话。

"是，是，"他大声嚷道，"是！绝对是极品！我们要送去展览。送到米兰去！就是这个！对！对！百分之七十的嫩牛肉。大获全胜……不，不是50戈比，您真怪……50戈比！嗨——嗨！每个35戈比。棒极了，是吗？挺漂亮，是吗？"

他坐车走了。

他满脸笑容，像只红瓦罐，头在车窗里晃来晃去。他边走边把帽子塞给看门人，睁大眼睛，跑到楼梯上。他身体笨重，呼呼啦啦，横冲直撞，活像一头野猪。"香肠！"许多办公室里响遍这个声音。"就是这个……我跟你们说过了……一个笑话！……"当我还在洒满阳光的街道上奔走时，他从每个办公室给沙皮罗打电话：

"让人给您送去了！所罗门，您会看到的！您准会馋死……"

"还没送到？哈——哈，所罗门……"

他把手帕深深地插进衣领，去擦脖子上的汗，差点把领口扯破。他皱着眉头，很难受的样子。

我来到沙皮罗这儿。所有人都看见我拿着香肠，所有人都闪到一旁，让出路来。道路像中了魔一般变得空空荡荡。所有人都知道，巴比切夫派来送香肠的使者到了。沙皮罗是个忧郁的犹太老人，从侧脸看，他的鼻子像数字6，他正站在仓库院子里的木制遮阳板下。门里漆黑一片，是夏日里随着时间移动的那种黑暗，像所有仓库里的门一样（如果闭上眼睛，用手指按住眼皮，眼前就会出现这种轻柔、混沌的黑暗）。门里是一个巨大的库房。门框外面挂着一部电话。旁边竖着一个钉子，上面挂着一个泛黄的什么文件。

沙皮罗从我手里接过大块茶肠，掂了掂分量，放在手掌上晃了晃（同时摇着头），举到鼻子前闻了闻。然后，他走出遮阳棚，把香肠放到箱子上，用铅笔刀小心翼翼地切下软软的一小片。在一片寂静中，这一小片香肠被咀嚼、被贴在上颚上、被来回吸吮，再慢慢地咽下。拿着铅笔刀的手颤巍巍地伸向一旁，手的主人正在咂摸细品。

"啊，"他咽下去后，大呼一声，"好样的，巴比切夫。他做出香肠了。我说，他的确成功了。这根香肠35戈比，您知道，这太不可思议了。"

电话铃响了。沙皮罗缓缓地站起身，向门口走去。

"是的，巴比切夫同志。祝贺您，真想吻您。"

不知在什么地方，巴比切夫大声叫嚷着，我与电话的距离相当远，却听到他的声音和听筒里的破裂声及哒哒声。强烈的震荡把听筒震得差点从沙皮罗无力的手指上滑下来。他甚至用另一只手朝话筒挥舞了一下，皱起眉头，像在对一个打扰他听电话的淘气孩子挥拳头。

"我该怎么办?"我问道,"香肠要留在您这儿吗?"

"他让您把香肠带回去,带回他家。他请我晚上去吃。"

我忍不住说道:

"怎么还得拿回去?难道不能再买一根吗?"

"这样的香肠买不到,"沙皮罗说,"这种香肠还没上市。这是工厂的样品。"

"香肠会放坏的。"

沙皮罗折上小刀,手顺着裤边摸裤兜。他不慌不忙地说着,脸上略带微笑,垂下眼睛——像所有犹太老人那样,开始教导我:

"我已经祝贺巴比切夫同志做的香肠了,它放一天不会坏的,否则我也不会祝贺巴比切夫同志了。我们今天就吃掉它。您把它放到阳光下,别怕,放到热辣辣的太阳下,它会闻起来像玫瑰花一样香。"

他消失在库房的黑暗中,回来时拿了张沾了油渍的牛皮纸,几秒钟后,我手里就捧了一个包得像模像样的纸袋。

从我认识巴比切夫的第一天起,我就常常听到很多关于这大名鼎鼎的香肠的谈话。在什么地方正在试验制作某种特殊品种的香肠——营养丰富、干净卫生、价格便宜。巴比切夫不断地向不同的地方打听情况,他的语调十分关切,他仔细询问,给出一些建议;他搁下电话,有时无精打采,有时异常激动。这个品种的香肠终于做出来了。一根粗粗的、填得密密实实的、沉甸甸的肠身从神秘的孵化器里颤颤巍巍地、笨拙地爬了出来。

巴比切夫双手接住一块这种香肠,顿时面红耳赤,起初甚至害羞起来,就像一个新郎看到年轻美丽的新娘和她怎样让所有宾客大为惊叹一样。他喜不自胜,手足无措。他环顾四周,立即放下香肠,稍微抬起手掌,把香肠推到一边,似乎想说:"不,不。不要。我马上拒绝,省得以后心里难受。普通人的一生里不可能取得这样的成功。这是命运的捉弄。请拿走吧。我不配。"

我拎着一公斤美味的香肠,漫无目的地大步走着。我在桥上站住了。

左手边是劳动宫,身后是克里姆林宫。河上有小船,还有游泳的人。一艘快艇在我的眼前急闪而过。我站在高处看,快艇的形状像一颗剖开的大扁桃仁。扁桃仁消失在桥下。这时我只记得快艇的烟囱,还有烟囱旁有两个什么人在喝一锅红菜汤。一缕缕白烟,轻盈透明,向我飘来,渐渐消逝。没等飘到我身边,就变成了另一种形状,只剩最后一丝轻烟,好似一串星环,隐隐约约飘到我面前。

我想把香肠扔到河里。

安德烈·巴比切夫是个了不起的人,政治苦役犯协会成员,掌权者,认为今天是自己的节日。只因为给他拿来了新品种的香肠……难道这就成了节日?难道这就是莫大的荣耀?

今天他喜气洋洋,是的,浑身闪烁着荣耀之光。为什么这种荣耀并没让我生出爱慕、欣喜和崇拜之感?我怒火中烧。

他，一个掌权者，一名共产党员，在建设新世界。在这个新世界里一个做香肠的人制出一个新品种的香肠，就会声名鹊起。我不理解这种荣耀，它意味着什么？各种生平传记、纪念碑和历史故事告诉我的并不是这种荣耀……那么，荣耀的性质变了吗？在所有地方还是只在这里——正在建设的世界里变了？但我确实知道，这个建设中的新世界是主要的、战无不胜的世界……我不是瞎子，我肩上长着脑袋，在我的肩膀上。不需要别人来教我，给我讲解……我是个有文化的人。正是在这个世界里，我想获得荣耀！我想像今天的巴比切夫一样喜气洋洋。但是，新品种的香肠不会让我兴高采烈的。

我拿着纸包在街上走来走去。一块讨厌的香肠控制着我的行动、我的意志。我不想这样！

有好几次我想把纸包越过栏杆从桥上扔下去。但我刚一想象着那块可怜的香肠如何飞出纸包、下落，像颗鱼雷一样消失在水花中，瞬间另一幅场景便让我不寒而栗。不可战胜的庞然大物巴比切夫瞪着两只恐怖的、凸出的眼睛向我袭来。我怕他。他压迫我。他眼睛不看我就看穿了我。他始终不看我。我只有从侧面才能看清他的眼睛。当他把脸转向我时，我却看不到他的目光：只有夹鼻眼镜闪闪发光，两块模模糊糊的小圆镜片。他没兴趣，没时间，也不愿意看我，但我明白，他看透了我。

晚上所罗门·沙皮罗来了，还来了其他两个人，巴比切夫招待他们。老犹太人带来一瓶伏特加酒，他们一边喝酒，一边

嫉 妒

吃那非同寻常的香肠。我拒绝参加这顿宴席。我从阳台上观察他们。

绘画艺术让许多盛宴流传千古。统帅、元首和那些脑满肠肥、暴饮暴食的家伙们都大摆筵席。各个时代都有所记载。翎毛飘飘，披纱挂彩，脸颊光润。

新时代的提埃坡罗[1]！快来！这里的人正在大快朵颐，正是给你入画的场景……他们在一百瓦的亮灯下围坐在桌前，欢声笑语。画他们吧，新时代的提埃坡罗，画一幅《经济管理者的盛宴》！

我仿佛看到了博物馆里你的这幅作品。我看见参观者在你的画前伫立欣赏。他们绞尽脑汁也想不出画中这个系着蓝色背带、肚大腰圆的庞然大物正在眉飞色舞地讲些什么……他用叉子扎着一块香肠。他早该把香肠吃掉，可因为他说得太投入了，怎么也不能把香肠咽下去。他在说什么呢？

"我们不会做小灌肠！"系着蓝色背带的庞然大物说，"我们这个怎么是小灌肠？闭嘴，所罗门。您是犹太人，您对小灌肠丝毫不懂，您就喜欢那些又干又柴的差肉……我们没有小灌肠。这香肠活像一根硬手指，根本不是小灌肠。真正的小灌肠应该是活蹦乱跳的。我一定要做成这个，你们等着瞧，我一定会做出这种小灌肠来。"

---

[1] 乔凡尼·巴蒂斯塔·提埃坡罗（1696—1770），巴洛克及洛可可时期意大利著名画家，威尼斯画派最后的代表人物。——译者注

九

我们在飞机场集合。

我说"我们"！其实，我跟他们毫无关系，我是被偶然带上的一个人。谁也不在意我，没有人对我的想法感兴趣。我本可以悠然自得地待在家里。

一架新设计的苏联飞机要举行起飞仪式，巴比切夫受邀参加。客人们走过隔栏。在这个优秀的圈子里，巴比切夫依旧卓尔不群。只要他一与什么人说话，在他四周立刻就围上一圈人。每个人都恭恭敬敬、专心致志地听他说话。他身穿灰色西装，高大魁梧，非常引人注目。宽厚的肩膀高过所有人。在他腹部的皮带上挂着一个黑色望远镜。他听对方说话时，双手插在裤袋里，两脚岔开，身体轻轻地来回摇晃，脚跟和脚尖轮番起落。他经常挠鼻子。挠完后，把手指捏在一起，举到眼前仔细看。他的听众们像小学生一样，不由自主地模仿他的动作和表情变化。他们自己也感到惊讶，都挠起鼻子来。

我恼羞成怒，离开了他们。我坐在小吃部里，喝着啤酒，田野里的微风轻抚我的脸颊。我品着啤酒，欣赏着微风吹动桌布的边缘，呈现一幅温馨的景象。

飞机场上许多奇妙的景物融汇在一起：这里的田野上雏菊盛开，近在眼前的隔离带旁，也满是普通的、散落黄色花粉的雏菊。低低地沿着地平线，一簇簇好像炮弹烟雾似的云朵缭绕着；这里鲜红醒目的木牌指引不同的方向；这里，高空中一条

嫉　妒

风向袋晃晃悠悠，一会儿收缩，一会儿舒展——这是风向探测器；这里的草地上，是古老的搏击者的绿草，是古代战斗的绿草，是鹿群的绿草。在这里，在曾经的古战场、鹿群出没的地方，在这富有浪漫色彩的草地上，飞行器爬来爬去。我津津有味地欣赏着这令人赞叹的相得益彰的景象。风向袋收缩的节奏引人遐思。

利林塔尔[1]的名字是透明的，像昆虫的翅膀一样微微颤动，从小我就觉得它奇妙悦耳……它好像附在轻盈的竹条上高高地飞翔。在我的记忆中，这个名字与航空业的起步密切相连。飞人奥托·利林塔尔摔死了。飞行器不再像鸟的形状，轻盈的、透着黄色光点的翅膀被机翼所取代。可以断定，飞机起飞时机翼会撞到地上，无论如何都会卷起灰尘。现在飞机看起来就像一条重重的大鱼。航空业如此快速地变成了一个产业！

响起了进行曲。军事人民委员到了。他走在同行的人前面，快步穿过林荫道。他的脚步铿锵有力，风驰电掣般卷起树叶。乐队情绪高亢地演奏着。军事人民委员和着管弦乐队的节奏，昂首挺胸地阔步向前。

我急忙往通向停机场的栅栏门跑去。但我被拦住了。一个军人说"不许进"，他一只手搭在栅栏门梁上。

"这是怎么回事？"我问道。

他转身把目光投向刚刚开始喧闹的地方。飞行员兼设计师

---

[1] 奥托·利林塔尔（1848—1896），德国工程师和滑翔飞行家，世界航空先驱者之一。他最早设计和制造出实用的滑翔机，被称为"滑翔机之父"。——译者注

穿着深黄色皮夹克,在军事人民委员面前笔直站立。皮带紧紧地拉住军事人民委员健壮的背部。两人互行军礼。全场静立不动。只有乐队在起劲地演奏。巴比切夫挺着肚子站着。

"放我过去,同志!"我碰了碰军人的袖子,又求了一遍,但听到的回答是:

"我要把您从机场赶走。"

"但我本来就在那儿。我只是离开了一会儿。我是和巴比切夫在一起的!"

必须给他看请柬。我没有请柬——巴比切夫带我一起来的。当然,如果我到不了停机场那边,我也一点都不难过。在这里,在栅栏外,也是看景的好地方。但我坚决要进去。除了想近距离观看之外,我还有更重要的原因。我气得发狂。我突然清醒地意识到,我不属于因为伟大而重要的事业受邀而来的那些人,在他们中间,完全不需要我的存在。他们所做的一切伟大事业,无论在这里,在停机场上,还是在其他什么地方,都与我毫不相干。

"同志,我可不是一名普通公民,"我激动起来(我思绪混乱,想不出更合适的话来梳理自己的想法),"你以为我是什么?是个庸人?劳驾让我过去。我就是从那边来的。"(我用手指了一下正在欢迎军事人民委员的那群人。)

"你不是从那边来的。"军人笑了。

"你去问巴比切夫同志!"

我双手合拢做成喇叭状贴在嘴边,喊叫起来,接着踮起脚尖：

"安德烈·彼得罗维奇！"

恰好这时乐队停了下来。最后一声鼓响像从地下传来的惊雷一般渐渐散去。

"巴比切夫同志！"

他听到了。军事人民委员也转过身来。所有人都转过身来。飞行员把手举到头盔上，动作优雅地遮挡阳光。

我吓得浑身战栗。在栅栏旁踯躅不前；我这个大腹便便的人身穿一条裤腿短了一截的长裤，怎么敢烦扰他们？一片寂静，在还没弄明白是谁在叫他们中的一个之前，他们都愣住不动，可我已经没有力气再喊一声了。

但他知道是我。他看到了我，他听见了是我在叫他。瞬间，一切都过去了。所有人又都恢复到原来的样子。我简直要哭了。

于是，我又踮起脚来，双手合拢成喇叭状贴在嘴边，向我遥不可及的那个方向大喊大叫——那军人的耳朵都给震聋了：

"做香肠的！"

我又吼了一声：

"做香肠的！"

我又喊了很多遍：

"做香肠的！做香肠的！做香肠的！"

我只看到了他，巴比切夫，他比别人高出一头。我记得当时我真想闭上眼睛，在栅栏旁边坐一会儿。我不记得自己是否真的闭上了眼睛,但如果我闭上了眼睛,不管怎样,最主要的场景我还是看到了。巴比切夫把脸转向我。有十分之一秒的时间,他的脸一直面对我。他脸上没有眼睛,只有夹鼻眼镜上两块不透明的小圆片像水银一般闪烁着。我害怕会立刻受到惩罚,吓得头昏脑涨。我在做梦。我觉得我睡着了。梦中最可怕的事情是巴比切夫的头转向我,可身体却一动不动。他的头像是用螺丝固定在身体上一样,他的脊背纹丝不动。

十

我离开了机场。

但那里喧闹的节日气氛诱惑着我。我在绿色的护堤上停下来,靠在一棵落满尘土的树上。我像圣徒一般,被灌木丛围在中央。我折下一段段又酸又嫩的小树枝,放到嘴里咂摸。我站着,抬起苍白的、无辜的脸,仰望着天空。

一架飞机从机场起飞。它呜呜轰鸣,从我头顶可怕地呼啸而过,在阳光里黄灿灿地斜身向上冲去,就像吊在空中的一块招牌,差点刮到我身边这棵树的叶子。它飞得越来越高,我在护堤上踱来踱去,追踪着它,它渐行渐远,时明时暗。距离在改变,它的形状也在不断变化,呈现出各种样貌:像枪栓,又像铅笔刀,或像一朵被踩过的丁香花……

新型苏联飞机的起飞庆典没有我参加就结束了。这是向我宣战了。我冒犯了巴比切夫。

现在,他们要一窝蜂地从机场大门里涌出来。司机们已经行动起来了。这是巴比切夫的蓝色汽车。司机阿尔佩斯看到了我,对我做了个手势。我转过身背朝着他。我的鞋缠在一团草里了。

我应该和他谈谈。他应该明白。我应该跟他解释清楚,说这是他的错,不是我的错,就是他错了!他不会一个人走出来的。我应该和他面对面地谈谈。他会从这里去办公机关。我要抢在他前面走。

办公机关的人说,他现在在工地。

"25 戈比"?那就到"25 戈比"工地去!

真是活见鬼!想对他说的词似乎已经从嘴边溜掉了,我急忙追赶,生怕追不上,丢了,忘了。

在我眼里,工地上的建筑好似土黄色的、悬在空中的海市蜃楼。那就是它,"25 戈比"!工地在一些房子后面,很远——一堆堆脚手架连成一片;从远处看犹如轻飘飘的蜂巢在摇来摇去……

我走到近前。轰轰隆隆,尘土飞扬。我快被震聋了,眼睛好像得了白内障。我走到木踏板上。一只麻雀从小树桩上飞起来,木板微微弯曲,我笑着想起童年时玩的跷跷板。我边走边笑,因为锯末掉落下来,肩膀上一片白花花的。

去哪儿找他呢?

一辆卡车横在路上。它怎么也过不去,正在打转。它前轮抬起,又放下,像一只从平面向上垂直攀爬的甲虫。

通道让我迷了路，就像走在一只耳朵里似的。

"巴比切夫同志在哪儿？"

他们指给我：那儿。在打桩那儿。

"哪儿？"

"那儿。"

我走在梁木上，下面是深渊。我尽量保持平衡。下面有个什么东西像货舱一样张着大口。

无边无际，黑魆魆，冷森森。这里一切都像个造船厂。我在这儿很碍事。

"哪儿？"

"那儿。"

我总是找不到他。

有一次，他一闪而过：他的身影在木壁板上掠过，瞬间消逝。他再次出现在上面，在很远的地方，我们之间是一大块空地，那是很快会成为楼房庭院的一片空间。

他站在那里。跟他在一起的还有几个人——看得见几顶大檐帽、几件围裙。无论如何我要叫他，只为了说一句话："永别了。"

他们给我指了一条往那个方向去的最近的路。我只剩下上楼梯了，我已经听到他们的声音了，只差几步台阶了……

然而意想不到的事情发生了。我必须稍弯下腰，否则就会被刮下去。我俯下身，两手抓住木头台阶。他从我头顶飞过去了。是的，他在空中飞过去了。

我向上眺望,看到一个正在飞的人影一动不动——没看到脸,我只看见了鼻孔,两个小洞,就像我从下面仰视一座纪念雕像一样。

"这是什么?"

我从梯子上滚了下来。

他消失了。他飞走了。他踩着铁板飞到另一个地方去了。铁板的格子影伴着他飞走了。他站在铁东西上,那东西哐啷作响,砰砰乱叫,在空中画了个半圆形。谁知道那是什么东西:一个技术装置,起重机。木板纵横交错搭成小平台。穿过空隙,透过格子,我看到了他的鼻孔。

我坐到楼梯台阶上。

"他在哪儿?"我问。

周围的工人们笑了起来,我也冲着四面微笑,像马戏团刚开场,小丑表演完滑稽可笑的鱼跃滚翻一样。

"这不是我的错,"我说,"是他的错。"

十一

我决定不回他那儿了。

我以前的住处已经属于别人了。门上挂着锁。新住户不在。我想起:寡妇普罗科波维奇的脸就像这把门上挂的锁。难道她会再次闯入我的生活?

这一夜我是在林荫道上度过的。无上美好的清晨在我头顶

嫉　妒

上荡漾。还有几个无家可归的人睡在附近的长椅上。他们蜷成一团，两手交叉伸进袖口里，贴在肚子上。曙光女神奥罗拉用冰凉的手指抚摸着他们。他们叹气，呻吟，颤栗，没睁开眼，也没放开手，就坐了起来。

鸟儿们醒了，传来各种微弱的声音：鸟儿叽叽喳喳，小草窸窸窣窣，砖洞里的鸽子欢蹦乱跳起来。

我哆哆嗦嗦地站起来，不停地打着哈欠。

（一户户栅栏门打开了。玻璃杯里斟满了牛奶。法官们作出了判决。一个彻夜工作的人走到窗前，惊讶地发现，街上没有了熟悉的灯光。病人要喝水。一个男孩跑进厨房，想看看捕鼠器是否夹住了老鼠。早晨开始了。）

这天，我给安德烈·巴比切夫写了一封信。

我在索良卡大街的劳动宫里吃"纳尔逊"米馅肉饼，边喝啤酒，边写道：

安德烈·彼得罗维奇！

您给了我温暖，让我住在您家里，把我留在身边。我睡在您那美妙的沙发上。您知道我以前的生活有多糟糕。无上幸福的夜晚来临了。您可怜我，把醉得不成样子的我捡回来。

您用亚麻被单裹住我。光滑冰凉的被单好像要抑止我的躁怒，消除我的不安。

在我的生活中，甚至被套上还出现了骨制纽扣，而

嫉　妒

且只要找到合适的角度，纽扣上就会闪现五彩斑斓的光环。我立刻就认出了这光环。它们从很久很久以前、从早已遗忘的、最遥远的童年记忆的角落里回到我面前。

我得到了一张床铺。

这个词本身对我来说像"掷环游戏"一样，充满了诗意，又遥不可及。

您给了我一张床铺。

您从幸福之巅朝我抛下如彩云般的床铺和令我周身发热的神奇的光环。它让我沉浸在回忆、没有苦痛的遗憾和希望中。我开始寄希望于重拾青年时代应得的许多东西。

您对我有恩，安德烈·彼得罗维奇！

真难以想象：一位大名鼎鼎的人物对我如此亲近！一位出色的活动家竟然把我安置在自己家里。我想向您表达我的感情。

其实，我只有一种感情：怨恨。

我恨您，巴比切夫同志。

我写这封信是为了打消您的傲气。

从我待在您身边的最初日子起，我就开始感到恐惧。您压制我。您骑在我头上。

您穿着衬裤站着，汗味里夹着股啤酒味。我望着您，您的脸开始奇怪地变大，身材也在变大，好似一尊雕像，一个身上的黏土在不断胀大的偶像。我想大声

嫉 妒

喊叫：

谁给他的权力来压制我？

我哪儿不如他？

他更聪明？

灵魂更丰富？

身体结构更精致？

比我更强？更重要？

不仅地位比我高，而且本质的确比我高？

为什么我必须认同他的优越性？

这些都是我给自己提出的问题。每天对您的观察都给了我一点点答案。一个月过去了，答案也得到了。我也不再怕您了。您不过是个蠢笨的官员。只此而已。不是您的个人价值压倒了我。哦，不！我把您放在手掌上悉心研究，现在已经把您了解得清清楚楚。我对您的恐惧如此幼稚，已经没了踪影。我把您从自己身上卸下来了。您是个假货。

我曾一度疑虑重重。"也许，我在他面前是个无足轻重的人？"我想，"也许，他对我这个爱虚荣的人来说真是一个伟大的榜样？"

可是，原来——与在您之前和在您之后的所有权贵一样——您不过是个愚钝的官员而已。您也跟所有官员一样，独断专行。只有独断专行才能解释您用普普通通一根香肠卷起的大风大浪，或者您能把一个毫不相识的年轻人从街上带回自己家。也许，正是独断专行使您接近瓦洛佳·马卡洛夫，关于他，我只知道一点，他是个足球运动员。您是官老爷。您需要有侍从、小丑和食客。我毫不怀疑，瓦洛佳·马卡洛夫是忍受不了您的讥笑，才从您身边跑走的。与对待我一样，您应该也是一次次地把他变成了傻瓜。

您宣称，他住在您这儿，像您儿子一样，他救过您的命。回忆起他时，您甚至浮想联翩。这些我都记得。但这一切都是谎言。您不好承认你身上的老爷习性。不过我看到了您腰上的胎记。

起初，当您说沙发属于他，他回来后我就必须滚开的时候，我受到了侮辱。不过我立刻就明白了，您无论对他，还是对我，都同样冷酷无情、漠不关心。您是官老爷，我们是寄人篱下的食客。

但我敢向您保证，无论是他还是我，都不会再回到您那儿了。您不尊重人。他要是回去了，只有一种情况：他比我蠢。

我的命运就是这样安排的，我既没有服过苦役，也没有革命履历，像生产汽水或建造养蜂场这样责任重大的工作都不会交给我。

但这是否意味着，我是这个时代的坏儿子，而您是好儿子？这是否意味着，我一文不值，而您是大人物？

您在街上找到了我……

嫉　妒

您的举动可真蠢!

"在大街上,"您认为,"好吧,一个灰头土脸的家伙,让他干活。可以做个校对员、修版工、朗读员。好吧。"您没有屈就一个流落街头的年轻人。这是您自我陶醉的表现。您是个官员,巴比切夫同志!

在您看来我是个什么人?一个濒临死亡的流氓无产者?您决定援助我?感谢您。我很强大——您听到了吗?我有足够的力量倒下去后站起来,再重新倒下去。

我感兴趣的是,读完我的信后,您会怎么做。也许,您会设法把我赶走,或者把我送进疯人院。您什么事都能做到,您是大人物,政府要员。您说过应该把您兄弟枪毙。您说:要把他关进卡纳特奇科瓦。

您的兄弟给人留下了非同寻常的印象。对我来说他神秘莫测,令人费解。这是个谜,我什么都不知道。"奥菲莉娅"这个名字莫名其妙地让我兴奋不已。不过,我觉得您害怕这个名字。

我还是作出了一些猜测。我预见到了某些东西。我要阻止您。是的,我几乎能确定,就是这么回事,但我不会让您得逞的。您想抢走您兄弟的女儿。我只见过她一次。是的,是我跟她说过她像一树繁花,枝繁叶茂。您没有想象力。您嘲笑了我。我听到您在电话里说的话了。您诋毁我在姑娘心中的形象,就像您抹黑她的父亲一样。您想让这个姑娘对您百依百顺,让她变成您身边的一个傻瓜,正如您试图把我们都变成傻瓜一样。假若姑娘有一颗温柔的、热情洋溢的心灵,对您来说是十分不利的。您想利用她,就像您利用(我故意使用您的用词)"畜头和羊腿,巧妙地使用电动螺旋钻……"(摘自您的小册子)。

可是,不,我不容许您这样。当然——多么精美的一块肉!您是个贪吃的家伙,脑满肠肥的馋鬼。为了自己的生理需求,难道您会在什么事情面前停下脚步吗?有什么能阻止您教唆这个姑娘学坏吗?她是您的侄女这一点能让您停下脚步吗?您在嘲笑家庭和血统。您想驯服她。

所以您才丧心病狂地怒骂您兄弟。可每个人,只要看他一眼,都会说:这是个了不起的人。尽管我还不认识他,但我想:他是个天才,具体在哪方面,我不知道……而您要害了他。我听到您在用拳头敲打栏杆。您强迫女儿离开父亲。

但您毁不了我。

我要站出来捍卫您的兄弟和他的女儿。听着,您这个笨蛋,您嘲笑枝繁叶茂的繁花,听着,是的,只有这样,只有用这种赞美,才能表达我看见她时的喜悦之情。可您准备用什么词来描述她呢?您说我是酒鬼,只是因为我跟姑娘说话时用了您不懂的形象的语言?不懂的东西或是好笑的,或是可怕的。现在您在笑,但我很

嫉　妒

快就会让您感到害怕。您不要以为，我只会说形象化的语言，我完全能切实地思考。这算什么！她，瓦莉娅，我也能用普通语言来形容。您看，我这就举一些您能懂的修饰语来描述一下她，就是要故意惹怒您，用您得不到的东西来烦扰您，尊敬的香肠大师！

没错，她站在我面前，是的，我先按我自己的方式描述吧：她轻盈如影，最轻盈的影子——正在飘落的雪花的影子也会自叹不如。是的，先按我自己的方式说吧：她不是用耳朵听，而是头微微偏着，用太阳穴听；是的，她的脸庞像核桃，颜色像——晒得黝黑，轮廓也像——颧骨凸起，圆润的，而下巴尖尖的。这些您懂吗？不懂？还有呢。她跑起来衣裙翻飞、舞动，于是我看到她还没有完全晒黑，我看到了她胸前浅蓝的血管……

现在，按您的方式来描述她，那个让您垂涎欲滴的人。我面前站着一个十六岁左右的姑娘，样子像个小女孩，宽肩膀，灰眼睛，蓬乱的短发——一个迷人的女孩，身材苗条，如同棋盘上的棋子[1]（这是按我的说法！），个子不高。

您不会得到她的。

她将是我的妻子，她是我一生的梦想。

我们搏斗吧！我们打一场吧！您比我大十三岁。

---

[1] 国际象棋棋子的形状为立体的人（车、马）。——译者注

嫉　妒

十三年在您身后,但在我前方。在制作香肠的事业中,您还会取得一两项成就,还能建成一两座廉价食堂——您最多能做到这些。

啊,我的梦想可完全不同。

不是您,而是我一定会得到瓦莉娅。我们将威震欧洲——在那里,人们喜欢荣耀。

我一定会得到瓦莉娅——这是我获得的奖品,是对一切的奖赏:因为我遭受的侮辱,我不堪回首的青春,我猪狗一般的生活。

我跟您说过那个厨娘,您还记得她怎样在走廊里洗脸。这样的话,我就会看到另一番景象:某时某地的一间房子,阳光灿烂,窗边放着蓝色脸盆。窗棂在盆里舞动,瓦莉娅趴在盆上洗脸,水花闪耀,像鲤鱼翻跳,手触到水上发出啪啪的响声……

为了实现这个梦想,我什么都能做到!您不要利用瓦莉娅。

再见,巴比切夫同志!

我怎么能在整整一个月里扮演如此低三下四的角色?我不会再来找您了,您等着吧:也许,您的第一个傻瓜会回去的。替我向他致意。真是幸运,我再也不回到您那儿了!

每当我的自尊心受到伤害的时候,我知道自己立即就会联想起在您书桌旁度过的夜晚。多么令人难过的情景啊!

夜晚,您坐在桌前。您一副自大自满的样子。"我在工作,"您的表情似乎想说,"您听到了吗?卡瓦列洛夫,我在工作,请不要打扰……嘘……庸人。"

早上,谄媚的人异口同声,赞不绝口:

"一个大人物!惊为天人!完美的人——安德烈·彼得罗维奇·巴比切夫!"

但是,当谄媚者为您高唱赞歌时,当您沾沾自喜、自以为是时,您的身边住着一个人,没有人理会他,也没有人问过他的意见。这个人关注着您的一举一动,研究您,他不是从下面奴颜婢膝地敬仰您,而是像普通人那样,平心静气地观察您——于是我得出结论:您是个身居高位的官员——仅此而已。您庸庸碌碌,仅凭外部条件就升至令人羡慕的高位。

没必要装傻。

这就是我想对您说的一切。

您想拿我当侍从、小丑——可我却成了您的敌人。"你在和谁作对,坏蛋?"您对您兄弟大喊。我不知道您指的是谁:指您自己,您的党,您的工厂、商店,还是养蜂场——我不知道。我的确在和您作对:和一个最平庸的官老爷、自私自利的人、好色之徒、自以为诸事顺利的笨蛋作对。为了您的兄弟、为了被您欺骗的姑娘、为了温柔、为了激情、为了个性、为了像奥菲莉娅一样令人激动的名字，为了被您这位出色的人压制的一切，我要跟您战斗。请向所罗门·沙皮罗致意……

十二

清洁女工让我进了门。巴比切夫已经走了。通常必喝的牛奶已经喝完。桌上有个污浊的杯子，旁边放着一盘像犹太字母一样的饼干。

人的生命是微不足道的。行星的运动是庄严的。我在这里住的时候，下午两点钟太阳的光影照在门框上。三十六天过去了。太阳的光影挪到了另一个房间。地球又走过了一段路程。太阳光影、儿童玩具，让我们想到时间的永恒。

我走到阳台上。

街角上一群人正在聆听教堂的钟声。从阳台上看不到教堂，但可以听到里面的钟声。这座教堂的敲钟人远近闻名。看热闹的人都翘首眺望。他们可以看到赫赫有名的敲钟人敲钟的场景。

有一次，我在街角伫立了整整一个小时。从拱门的门洞可以望见钟楼里面。那里黑魆魆的，就像被煤烟熏脏的阁楼，在楼上布满蛛网的梁柱中间，敲钟人疯狂一般左右开弓。二十口钟好像把他扯成了碎片。他像马车夫一样，身子向后仰，垂下头，也许在大声吆喝。他在灰暗的绳网中央回旋，有时伫立不动，伸开双臂，悬在空中，有时奔向角落，让蛛网织成的图案焕然一新。他是个神秘的乐手,黑魆魆的样子模糊难认,也许,像卡西莫多[1]一样丑陋。

(不过,是距离给他蒙上了恐怖的色彩。也可以这样说:那人在舞动餐具和盘子,而著名钟楼的钟声就是餐厅和火车站响声的混合音。)

我从阳台上听着钟声。

"咚—嗡—叮—铃!咚—嗡—叮—铃!咚—嗡—叮—铃!"

咚·嗡叮铃。一个叫咚·嗡叮铃的人在空中飞翔。

> 咚·嗡叮铃,
> 咚背着行囊,
> 咚·嗡叮铃,朝气蓬勃!

头发蓬乱的敲钟人让我的许多早晨有了音乐的陪伴。咚是大钟的敲击声,是大锅的声音;嗡叮铃是小盘子的声音。

我在这里栖身的时候,在一个美好的清晨,咚·嗡叮铃钻进了我心里。乐句变成了话语。我清清楚楚地想象出了这位咚的模样。

一个年轻人在城市里四处张望。这个不知名的年轻人已经来了,已经走近,已经看到这座酣然入睡、无忧无虑的城市。晨雾刚刚散去。城市像一团闪烁的绿色云彩在山谷中袅袅上升。咚·嗡叮铃微笑着把手贴到心口上,眺望城市,寻找儿时

---

[1] 法国文学家维克多·雨果最有影响力的作品之一《巴黎圣母院》中的敲钟人。——译者注

嫉 妒

插画上熟悉的地方。

年轻人背着行囊。

他一切都能做到。

他是年轻气盛的象征,他是心怀高傲梦想的象征。

日子一天天过去,很快(太阳光影不会多次从门框上挪到另一个房间),那些梦想在五月的早晨,像他一样背着行囊,走在城市郊外、走在荣誉外围的男孩子们会高声歌颂那做了自己想做的事的人:

咚·嗡叮铃,

咚背着行囊,

咚·嗡叮铃,朝气蓬勃!

于是一座普通的莫斯科教堂的钟声在我心中变成了浪漫的、带有鲜明西欧色彩的梦境。

我要把信放在桌子上,收拾好自己的物品(放在背包里?)就走。我把信折成方形,放在玻璃板上,离我认为与我是患难之交的那个人的照片很近的地方。

有人敲门。是他?

我打开门。

门边站着手拿背包,开心地微笑(日本式的微笑)的咚·嗡叮铃。他就像透过房门看到了日思夜想的挚友。他有些腼腆,样子有点像瓦莉娅。

嫉　妒

　　这是个黑头发的年轻人，瓦洛佳·马卡洛夫。他惊讶地看着我，然后环顾房间，有好几次他的目光回到沙发上，望着放在沙发下面我的那双鞋。

　　"您好！"我向他表示欢迎。

　　他走到沙发前，坐了一会儿，然后去了卧室，在那里待了一会儿，又返回来，在红鹳花瓶前停下，问我道：

　　"安德烈·彼得罗维奇在哪儿？在办公机关？"

　　"不好说。安德烈·彼得罗维奇晚上回来。他可能会带回一个新傻瓜。您是第一个，我是第二个，新来的将是第三个。或许在您之前已经有过傻瓜？可能他会带回一个小姑娘。"

　　"带谁？"咚·嗡叮铃问道，"怎么了？"他皱起眉头，眉梢微挑，疑惑不解地问。

　　他坐到沙发上。沙发下那双鞋令他局促不安——显然，他故意用靴子后跟去碰那双鞋。

　　"您为什么回来？"我问，"你干吗要回来？咱们没用了。现在他在忙别的呢。他在引诱一个小姑娘，他的侄女，瓦莉娅。明白吗？离开这里。听我的！"

　　（我扑到他面前，他一动不动地坐着。）

　　听我的！照我的样子做！告诉他全部事实……"这就是"，我抓起桌上的信，"这是我给他写的信……"

　　他推开我。背包习惯性地放在沙发边的角落里。他走到电话前，拨了办公机关的电话。就这样，我的东西一直没收拾。我转身逃走了。

十三

信留在我这儿。我决定撕掉它。足球运动员住在他家,像是他的儿子。从他把背包放在角落里,从他环视房间的神态,从他拿起听筒和拨电话号码的样子,都可以看出:他是这儿的老客,在这所房子里是"自己人",这是他的家。昨夜睡得不好,给我带来了影响。我写的不是我想写的东西。巴比切夫不会理解我的愤怒。他会解释为嫉妒。他会认为我嫉妒瓦洛佳。

好在信留在我手里。

否则,就放空枪了。

我错了,我以为瓦洛佳是他身边的一个傻瓜,一个供他消遣的人。因此,我不应该在信里庇护他。应该恰恰相反。现在我见到了他,看到了他的狂妄自大。巴比切夫培养和精心造就了跟自己一样的人。他定会成为一个像巴比切夫这样妄自尊大的、无知无觉的人。

他的目光在说:"对不起,您搞错了。食客是您。我可是光明正大的。我是小少爷。"

我坐在长椅上。此时发现了一件可怕的事情。

原来,这个小四方形的东西不是我的那封信——我的信比这个大,这不是我的信。我的信还在桌上。情急之中我拿走了另一封信。这封信是这样写的:

嫉 妒

亲爱的、可爱的安德烈·彼得罗维奇!

你好,你好!你身体好吗?你的新房客没把你折磨得苦不堪言吗?伊万·彼得罗维奇没让"奥菲莉娅"来缠着你吗?当心:他们两人——你的卡瓦列洛夫和伊万·彼得罗维奇——一唱一和会把你折磨死的。你要当心,多保重。你是怯弱的,别人很容易欺辱你,你要当心……

你怎么变得这么轻信于人?你让各种无赖进了家门。把他撵出去!第二天你就该说:"好了,睡得挺好,年轻人,再见!"想想吧:太温柔了!我读了你的信,你说你想起了我才可怜墙下的酒鬼,为了我,你才扶他起来,把他带回家的。因为我也可能会在什么地方遭遇这样的不幸,我也会这样躺在那里。读到这里,我感到可笑和不可理解。好像这不是你说的话,而是伊万·彼得罗维奇的话。

正如我所料,事情是这样的:你把这个狡猾的家伙带回家,然后就不知所措了。当然,你自己不知道该拿他怎么办,让他离开又不妥当。该怎么办?——鬼才知道!对吧?你看,我是在教训你。你的工作就是这样,你多愁善感,总跟水果、野草、蜜蜂、牛犊这类东西打交道。我可是个工业人。笑吧,笑吧。安德烈·彼得罗维奇!你总是取笑我。你明白吗?我已经是新一代人了。

现在怎么办?喂,我要回去,你那个怪人会怎么

嫉　妒

样？如果你那个怪人突然放声大哭，不想让出沙发呢？你一定又会可怜他。是的，我嫉妒。我要把他赶出去，打他嘴巴子。只有你才这么善良，你只会调高音量，抡拳头，显威风，可到了紧要关头，你就立刻心软了。如果不是我，瓦莉娅至今还在伊万·彼得罗维奇那儿受苦呢。你留住她了吗？她没回去吧？你心里知道：伊万·彼得罗维奇是个狡猾的人，他装聋作哑，自己都说自己一钱不值，是个骗子。对吧？所以，不要可怜他。

你试试把他送到疾病防治所去，他一定会逃跑的。或者你建议那个卡瓦列洛夫进疾病防治所？他会怨恨的。

唉，好啦，你别生气。你说过这样的话："你教我，瓦洛佳，我也教你。"我们这是互相学习。

我很快就回来。就在最近几天。爸爸向你问好。再见，小城穆罗姆！夜晚，当我走在路上时，我才明白，其实，这里根本就没有什么城市。全部是各种工场，这叫什么城市！简单说就是一片片工场。一切都是为了它们，为它们服务。工场高于一切。夜晚城市里一片漆黑，黑魆魆的，你明白吧，有家神出没；而在一旁的场地上，工场点着灯，灯火辉煌——像是在过节！

在城里（我看见）一头小牛跟着地段督察，跟在公文包（那人夹在腋下）后面跑，边跑边吧嗒嘴，可能是想吃东西……这样一幅景象——栅栏，小水坑，戴红帽

嫉　妒

子的督察一本正经地向前走，一头小牛看准了他的公文包——互相矛盾。你明白吗？

我不喜欢那些小牛。我是个机器人。你会认不出我的。我变成了一台机器。即使还没变成，我也想变成一台机器。在这里，机器就是野兽！纯种的！极度冷漠、高傲的机器，不像你那些做香肠的人。你们是做手工业的。你们只要宰牛就行。我想成为一台机器。我想和你商量商量。我希望工作让我变得骄傲，我骄傲是因为我工作。我要变得对一切都漠不关心，你明白吗，除了工作以外！我开始嫉妒机器了——就是这样！我哪儿比机器差？机器是我们想出来的，我们造出来的，可它比我们厉害得多。你发动它，它就转起来！它干的活儿精确得丝毫不差。我就想变成这样。你明白吗？安德烈·彼得罗维奇，丝毫不差。我多想和你谈谈啊！

我在各方面都模仿你。我甚至像你一样，模仿你哑巴嘴。

我想过很多次：我多么幸运啊！你把我抚养长大，安德烈·彼得罗维奇！不是所有共青团员都能这样生活。可我住在你身边——在最英明、最了不起的人身边。每个人都要为这样的生活付出昂贵的代价。我知道，很多人都嫉妒我。谢谢你，安德烈·彼得罗维奇！你别笑我，说我在向你表达爱意。你说说看，一台机器怎么会表达爱意呢，对吧？不，说实话，我要成为一台机器。

你的工作进展如何？"25戈比"还在建吗？什么地方都没倒塌吧？"热与力"弄得怎样了？都解决了吧？康普菲尔怎么样了？

家里怎么样？就是说，我的沙发上睡着个不知来路的公民吧？他会生许多虱子。你记得吗，你怎么把我从足球场拖回来的？至今都对我的腿有影响呢。把我拉回来的，你记得吗？你吓坏了，安德烈·彼得罗维奇。你的确吓坏了，对吗？我看你是个懦弱的人！我躺在沙发上，一条腿重得像铁轨。我看着你——你坐在桌旁的绿色灯罩下写着什么。我看着你——突然你也望着我，我立刻闭上眼睛——就像我对妈妈那样！

顺便说说足球。我将在莫斯科代表队对阵德国人，而且，如果不是舒霍夫，也许我将进入苏联国家队。美极了！

瓦莉娅怎么样？当然，我们要结婚！四年以后。你笑我，你说我们撑不了多久。我现在向你正式声明：四年以后。是的。我将成为"新时代的爱迪生"。当你的"25戈比"开业时，我将第一次吻她。是的。你不相信？我和她已经约定了。你什么都不知道。在"25戈比"开张那天，我们要在台上，在音乐的伴奏下接吻。

请你不要忘了我，安德烈·彼得罗维奇。要是我突然回来，会不会出现这样的情形：你那个卡瓦列洛夫成了你的头号朋友，你把我给忘了，他在你那儿取代了我。他和你一起做体操,跟你一起去建筑工地。什么事不可能发生啊?也许,他确实是个出色的小伙子,比我可爱得多,也许你和他交上了朋友,而我——"新时代的爱迪生"应该滚开?也许,你正跟他,跟伊万·彼得罗维奇和瓦莉娅坐在一起嘲笑我呢?你的卡瓦列洛夫没和瓦莉娅结婚吧?请说实话。要是那样我就杀了你,安德烈·彼得罗维奇。我说到做到。因为你背叛了我们说过的话和计划。明白吗?

好吧,我写得太多了,打扰你这大忙人。我说过要精确到丝毫不差,可自己却无休无止了。这是因为我们身处异地——对吗?好,再见,亲爱的无比尊敬的人;再见,我们很快就见面了。

十四

一大片形似南美洲轮廓的巨云罩在城市上空。它闪闪发光,但它的阴影威严恐怖。阴影慢慢地向巴比切夫家的街道迫近。

所有进入这条街的街口和逆向行走的人都看到了阴影在移动。他们的眼睛变黑了,阴影使他们脚下无根,好像走在一个旋转的球上。

我和他们一起向前走。

阳台架在空中。栏杆上有件夹克。教堂的钟声已不再响起。看热闹的人都走散了,我一个人站在街角。有个少年出现在阳台上。渐行渐近的阴暗令他大惊失色。他抬起头,从栏杆里探出身子向外看。

我上楼梯,来到门前。我敲门。我的心跳得厉害,上衣的翻领都跟着颤动。我是来打仗的。

放我进屋了。为我开门的人把着门后退回去了。我首先看到的是——安德烈·巴比切夫。他站在屋子中间,叉开双腿,腿下简直可以通过小人国的军队。他两只手插在裤袋里,上衣敞开,掀在身后。两边的衣襟在背后,因为两手放在兜里,形成锯齿形。他的姿势在说:

"想干什么?"

我只看到了他,而瓦洛佳·马卡洛夫——我只能听到其声。

我向巴比切夫走过去。下着雨。

现在我要跪倒在他面前。

"别把我赶走!安德烈·彼得罗维奇,别把我赶走!我一切都明白了。相信我,就像相信瓦洛佳一样!相信我:我也是年轻人,我也会成为'新时代的爱迪生',我也会对您顶礼膜拜!我怎么能错过了机会,怎么能瞎了眼,没有尽一切努力赢得您的喜爱!请您原谅我,放我进来吧,给我四年的期限……"

但我没有跪下,而是挖苦地问道:

"为什么你不去上班?"

"滚出去!"我听到了回答。

他马上答话,好像我们配合得很默契。但过了一会儿,他

嫉　妒

的话才进到我的脑子里。

这时，发生了一件非同寻常的事。

正在下雨。也许还有闪电。

我不想说得那么形象，我想说得简单些。我曾经读过卡米尔·弗拉马里翁的《大气层》。（多么像行星的名字！弗拉马里翁本身就是一颗星！[1]）他描述了球状闪电及其奇妙的效应：一个丰满的、光滑的球体悄无声息地滚进一所房间，全屋立时光亮耀眼……啊，我不是故意使用俗气的比喻。但是，那片云很令人生疑。但是，阴影正在迫近，像在梦中一般。但是，正在下雨。卧室窗户开着。打雷下雨的时候，窗户不能开着！有过堂风！

带着雨，带着泪水一般苦涩的水珠，带着一阵阵风——风吹得红鹳花瓶犹如火焰在摇动，好似点燃了窗帘，窗帘在天花板下飘来飘去。卧室里出现了瓦莉娅。

但这一情景只令我一人目瞪口呆。其实，一切都很简单：朋友来了。于是，朋友们都赶来看他。

也许，巴比切夫去找了可能早就梦想着这一天的瓦莉娅。事情很简单。而我应该被送去疾病防治所，接受催眠治疗。这样我就不会胡思乱想，把这姑娘的出现说成球状闪电。

就这样，我把简单的事情给你们搞坏了！

"给我滚出去！"我又听到了这句话。

1　弗拉马里翁（1842—1925），法国著名天文学家。1021号小行星以他的名字命名。——编者注

"事情没那么简单……"我刚说了几个词。

刮来一阵过堂风。门依然开着。风让我长出了一只翅膀。翅膀在我肩上疯狂地扑扇，吹动我的眼皮。我的半边脸被风吹麻了。

"事情没那么简单，"我说，我紧紧地贴到门框上，想折断那可怕的翅膀，"您离开了，瓦洛佳，这段时间巴比切夫同志和瓦莉娅住在一起。您得等上四年。安德烈·彼得罗维奇有充足的时间尽情地把瓦莉娅玩个够……"

我被留在门外。半边脸麻了。也许是打我的时候我没察觉。

门锁在我头上咔嗒一声响，就像树枝折断了一般。于是，我像一个熟透的、瘫软的果实，从树上一下子跌落到地上。

"一切都完了，"我站了起来，平静地说，"现在我要杀了您，巴比切夫同志。"

十五

下着雨。

雨在茨维特内林荫道上飘飘洒洒，滴滴答答落在马戏场上，接着转向右侧的林荫大道，到达彼得宫顶后，突然茫然无措，失去了方向。

我走过"特鲁布"街，思忖着那个神奇的剑客。他在雨中穿行，用剑挡回雨滴。刀光剑影，衣襟随风飘舞。他闪转腾挪，像长笛一般发出阵阵颤音，浑身始终都是干的。他继承了父亲的遗产。而我全身湿透，好似被打了一耳光。

我发现，透过倒过来的望远镜看到的风景更闪亮、鲜艳和富有立体感，色调和轮廓好像更清晰。东西依然是熟悉的样子，但突然变得很小、很滑稽，令人很不习惯。这让用望远镜观察的人激起一种孩童般的感受。好似在做梦。您会发现，如果一个人把望远镜倒过来看，他就会露出灿烂的笑容。

雨后城市变得亮闪闪和富有立体感。所有人都看到：电车被刷得鲜红；马路上的鹅卵石远不是一种颜色，中间甚至还有绿色的石子；高处的油漆工从壁洞里走出来，他像鸽子一样待在里面避雨，继而开始在十字形砖墙上忙活起来；一个男孩在窗户里用一块破碎的镜片捕捉阳光……

我在一个妇人那里买了一只鸡蛋和一个法式面包。我在电车线杆上敲鸡蛋，从彼得门坐车来的乘客都亲眼看到了我的动作。

我往上走去。一条条长椅从我的膝盖掠过。这里的林荫道有些隆起。漂亮的母亲们垫着手帕坐在长凳上。她们的脸晒得黝黑，一双眼睛亮晶晶的，像鱼鳞的光亮。颈部和肩膀也晒得黝黑，但可以看到衬衫里年轻、丰满而白净的乳房。我孤独一人，筋疲力尽。我愁容满面，如饥似渴地望着那白净的皮肤。它的名字是：乳汁、母性、夫妻生活、骄傲和纯洁。

保姆抱着一个婴儿，婴儿的衣服活像罗马教皇的法衣。

头上系着红色蝴蝶结的小女孩嘴唇上沾着瓜子。小女孩听着乐队的演奏，一不留神踩进了水坑里。低音喇叭有点像大象的耳朵。

对于所有人——对于母亲、保姆、女孩、吹奏小号的乐手来说，我是个滑稽可笑的家伙。号手们斜着眼睛望着我，更用力地鼓起两腮猛劲儿地吹。小女孩噗哧一声，嘴唇上的瓜子终于掉下来，这时她方才发现水坑。她把自己的怒火发在我身上，气势汹汹地转过身去。

我要证明我不是一个滑稽可笑的人。谁都不理解我。不理解的东西总是使人觉得可笑或者可怕。所有人都会感到害怕。

我走到道路广角镜前。

我非常喜欢街上的广角镜。它们总是突然间出现在路中央。您走着的道路普普通通，平静安然，是一条平常的城市街路，不会出现奇迹，也不会产生幻象。您走在路上，什么也不想，可是一抬眼，突然——一瞬间，您明白了：这个世界、世界的规则发生了前所未有的变化。

光学、几何被破坏了，您的行迹、运动，您想要去某个地方的愿望自然也全都被破坏了。您开始思索，自己的后脑勺上长了眼睛——您甚至惊慌失措地向路人微笑，您为自己这种特别的本领感到难为情。

"唉呀……"您小声惊叹。

刚刚从您的视线中消失的有轨电车又出现在您面前，它切掉林荫道的边缘，就像在用刀切一块大蛋糕。一顶草帽挂在蓝丝带上，搭在一个人手里（您刚才看到了它，它引起了您的注意,但您没想去回头看看),此刻草帽又回到您这儿,从您眼前掠过。

在您面前展现出远处的景象。所有人都知道:这是房子,这是墙。但您有特别的本领:这不是房子!您发现了一个秘密:这不是一堵墙,这是一个神秘的世界,这里复现着您刚刚看到的一切——而且立体、鲜明,只有倒着看望远镜才能有这样的效果。

可以说,您目瞪口呆。就这样突然打乱了秩序,就这样各种比例出乎意料地发生了改变。您昏头昏脑,但很高兴……您醒悟过来后,急忙朝闪着蓝光的方形走去。您的脸一动不动地挂在镜子里,只有您的脸保持自然的形状,只有它是正常世界幸存下来的一部分,然而其他一切都崩溃了、改变了,形成了新的秩序,即使您在镜子前站上整整一个小时,您也适应不了这个新秩序。在镜子里您的脸就像在热带花园一样,绿草太绿,蓝天太蓝。

您一定无论怎样都说不出(在您转身离开镜子之前),您在镜子里看到的那个行人要往哪个方向走……只是当您一转身之后……

我看着镜子,嚼完剩下的面包。

我转过身去。

那个行人从一旁什么地方走出,来到镜子前。我干扰了他照镜子。他准备朝自己微笑,却成了对我笑。他比我矮一头,抬起了脸。

他冲到镜子前,想要找到落在他肩上的毛毛虫,并打掉它。他像小提琴手一样,扭转肩膀,弹掉了毛毛虫。

我一直在思考光学造成的错觉和镜子的魔法,所以我还没认出来那人是谁,就问道:

"您是从哪边来的?您是从哪儿来的?"

"从哪儿?"他答道,"我从哪儿来?"(他用清澈的眼睛看着我。)"我是自己把自己臆想出来的。"

他摘下礼帽,现出秃顶,装模作样地鞠了一躬。从前人们就是这样向施主鞠躬礼拜的。而且他还像从前的人那样,眼下挂着紫色袜子一般的眼袋。他吸吮着糖果。

我立刻意识到:这是我的朋友,我的老师,我的安慰者。

我抓住他的手,几乎靠在他身上,说道:

"告诉我,回答我!……"

他扬起眉毛。

"这是什么……奥菲莉娅?"

他正要回答。但水果糖溶化的甜汁顺着他的嘴角流出来。我激动不已,怀着喜悦的心情等待着他的回答。

三个胖国王

— 第一部 踩钢丝的季布尔 —

第一章　加斯帕博士惊魂一日

　　会魔法的人如今已经找不见了。也许，他们实际上从来就没有存在过，不过是专门给小孩子编的童话故事而已。所谓魔法师，也就是一些会变戏法的人，他们灵巧地骗过了看热闹的傻子，大家就把他们当成法力无边、神通广大的人了。
　　从前有个博士，名叫加斯帕。那些头脑天真、无所事事、整日在集市上游荡的闲人，或者半懂不懂的大学生都把他当成会魔法的人。这位博士确实做过一些惊人的事情，的确像是创造了奇迹。当然，他跟那些招摇撞骗的家伙完全不同，那些骗子只能愚弄容易上当的人。

嫉　妒

　　加斯帕博士是个科学家，差不多精通一百种学问。不管怎么说，世界上再也没有比他更聪明、更有学问的人了。

　　他的博学尽人皆知：无论是磨坊主、士兵，还是有钱的夫人和高高在上的部长们，个个都知道。小学生们还编了首歌来唱他：

> 地球到星星怎么穿越，
> 怎么抓住狐狸的尾巴，
> 怎么把石头变成蒸汽，
> 我们的博士全都知道。

　　有一年夏天，六月里，天气出奇的好，加斯帕博士决定到远处走走，摘点药草，抓些甲虫。

　　加斯帕博士已经不年轻了，因此害怕刮风下雨。每次出门，他都把一条厚围巾围在脖子上，戴上眼镜挡灰，拄根拐杖免得摔倒。一般来说，出门溜达，他走路非常小心。

　　这天天气格外晴朗，阳光明媚。青草绿得让人连嘴里都感觉甜丝丝的。蒲公英在飞来飞去，鸟儿叽叽喳喳地叫着，微风轻拂，就像舞会上飘逸的纱裙。

　　"真是太好了，"加斯帕博士说，"不过，还是得带上斗篷，夏天的天气说变就变。没准会下雨的。"

　　加斯帕博士安排好家里的事，吹了吹眼镜上的灰，抓起绿色小皮箱就走了。

最有意思的地方在城外。那儿有个三胖宫。加斯帕博士常去那儿。三胖宫建在一个大花园里，四周环绕着深水沟，上面悬着一架黑色的铁桥。桥头由宫廷卫兵看守。卫兵们头戴黑油布帽子，上面插着黄色的羽毛。花园四周是一望无际的草地，上面开满了鲜花，还有小树林和池塘。这真是个散步的好地方。这里生长着各种最有趣的花草，最美丽的甲虫在这里鸣叫，最灵巧的鸟儿在这里歌唱。

"可是走着去太远了。我去城堡那里找个车夫，让他带我去花园。"加斯帕博士心里想。

城堡附近的人比以往任何时候都多。

"怎么？今天是星期天？"加斯帕博士有些纳闷，"不对，今天是星期二啊。"加斯帕博士走到近前。

整个广场都挤满了人。加斯帕博士看见很多身穿绿袖灰呢上衣的手工艺人；脸上沾满尘土的水手；穿花背心的有钱的市民和他们的妻子，这些女人的裙子好像一丛丛玫瑰花；还有手拿玻璃瓶、托盘、冰淇淋桶和烤锅的商贩；单薄瘦弱的街头艺人，他们的衣服五颜六色，像是用毯子七拼八凑缝成的；还有一些小孩子在逗弄着一条顽皮可爱的棕黄色小狗，他们伸手去抓左摇右摆的狗尾巴。

人们都挤在城门前。那里有两扇大铁门，足有一层楼高，关得结结实实，密不透风。

"为什么城门关着？"加斯帕博士觉得很奇怪。

人声嘈杂。所有人都在大声讲话，高叫着，谩骂着，但让

人什么都搞不清楚。加斯帕博士走到一个怀抱一只大灰猫的年轻妇女面前,问她:

"请问,这是怎么回事?为什么这里人这么多,他们在嚷什么,为什么城门关着?"

"卫兵不放人出去……"

"为什么不放?"

"为了不让他们去帮那些已经出城去三胖宫的人。"

"我什么都听不懂,女士,请原谅……"

"哦,您不知道吗?今天枪炮匠普洛斯彼罗和踩钢丝的季布尔带着一些人去攻打三胖宫了。"

"枪炮匠普洛斯彼罗?"

"是啊,先生,城堡太高了,另一边还有埋伏的卫兵。谁都出不了城,所有跟普洛斯彼罗一起去的人都会被宫廷卫队打死的。"

果然,远处传来"砰砰砰"几声枪响。

女人怀里的胖猫像生面团一样"啪嗒"一声掉到了地上。人群嚷叫起来。

"就是说,这么大的事情被我错过了。"加斯帕博士想,"我整整一个月没出门了。闭门在家,我一无所知……"

就在这时,从更远处传来几声炮响。轰隆隆的炮声像球一样窜到天上,随风滚落。不仅加斯帕博士吓坏了,连忙后退了几步,整个人群也都突然向后一闪,大乱起来。孩子们哭喊叫嚷,鸽子噼啪扑扇着翅膀四处飞散,狗趴在地上呜呜地哀号。

一场激战开始了。炮火连天，震耳欲聋。人群冲向大门高喊着：

"普洛斯彼罗！普洛斯彼罗！"

"打倒三胖！"

加斯帕博士彻底慌了神。人群中有人认出他来，因为许多人都见过他。有些人向他冲过来，好像在寻求保护，可加斯帕博士自己都差点哭出来。

"那边的情况怎么样了？怎么才能知道城外的消息？说不定人们会打赢，也可能全都已经被杀死了！"

这时，大约有十来个人往通向广场的三条小街跑去。拐角处有座房子，顶上有个高高的旧塔楼。加斯帕博士决定跟着其他人一起爬到塔上去。塔楼下面有个洗衣铺，样子像个澡堂，那里黑魆魆的，如同地窖一般。一个螺旋楼梯通到上面。窄小的窗口透进一丝微弱的阳光，大家都慢吞吞地、费劲地向上爬着，楼梯又旧又破，扶手已经断了。不难想象，加斯帕博士心惊胆战地登上房顶要花多少力气。不过，刚攀到第二十级台阶的时候，黑暗中传来加斯帕博士的喊声：

"哎哟，我的心都碎了，我的鞋跟掉了！"

加斯帕博士的斗篷在广场上炮轰十下之后就丢了。

塔楼的顶上有一个小平台，周边围着石头栏杆。从这里可以望到方圆五十公里外的景色。虽然风景值得一看，可是没人有空欣赏，大家都朝激战的方向望去。

"我有望远镜。我的望远镜带八个镜片，我总是把它随身

嫉　妒

带着。瞧，这就是。"加斯帕博士说完就解开带子。

望远镜在大家手里来回传递着。

加斯帕博士看到绿油油的场地上许许多多人正在往城里的方向狂奔。他们在逃命。从远处看，他们好似五颜六色的各种小旗。卫兵们骑马在后面追击他们。

加斯帕博士觉得，眼前的一切看起来像是一道神奇的灯影。太阳高照，碧草连天。炸弹像一块块棉絮在空中开花，瞬间火光爆闪，好像有人把金灿灿的光影投向人群。马儿时而纵横驰骋，时而前蹄腾空，昂首嘶鸣。花园和三胖宫被笼罩在一片白色透明的硝烟里。

"他们跑了！"

"他们跑了……他们打输了！"

众人拼命奔逃，扑向城门。路上大批人倒在地上，好似五颜六色的碎片散落在碧绿的草地上。

这时，一颗炸弹在广场上空呼啸而过。

不知是谁吓了一跳，望远镜掉落到地上。

炸弹爆开了花。塔顶上的人全都回身向下，冲进了塔楼里。

一个锁匠的皮围布刮到了钩子上。他一回头，看到了什么可怕的东西，冲着广场就大喊起来：

"快跑！他们抓住普洛斯彼罗了！他们马上就进城了！"

广场上立刻乱作一团。

聚在城门口的人四散而逃，向广场周边的小巷奔去。枪炮声震耳欲聋。

加斯帕博士和另外两人在塔楼的三层停住脚，从厚墙上的一个小窗孔向外看去。

只有一个人可以看得一清二楚，其余两人只能用一只眼睛隐约瞧见一点情况。

加斯帕博士便只有一只眼睛能勉强看到。不过，即使看不清楚，那景象也足够让人心惊肉跳了。

城门大开，三百多人如潮水般蜂拥而入，都是穿绿袖灰呢上衣的手工艺人；他们纷纷倒在血泊中。

卫兵们骑着马在他们头上一跃而过，马刀挥舞，子弹乱窜。黄色的羽毛随风飘摇，黑油布帽子闪闪发光；马儿咧开大嘴，眼珠凸起，口沫横飞。

"看！看！普洛斯彼罗！"加斯帕博士大喊起来。

枪炮匠普洛斯彼罗被套着绳索拖过来。他艰难地移动着脚步，跌倒，又爬起，火红色的头发乱蓬蓬的，满脸是血，脖子上绕着一根粗大的绳索。

"普洛斯彼罗！他被抓了！"加斯帕博士喊道。

这时，一枚炸弹飞入洗衣铺。塔楼一倾，晃了一下，歪斜了片刻，轰隆一声倒塌了。

加斯帕博士大头朝下栽了下来，丢了他的第二只鞋跟、手杖、小皮箱和眼镜。

嫉　妒

第二章　十个断头台

加斯帕博士的运气好极了：他的脑袋没摔坏，两条腿也完好无损。可这也没有什么用。即便运气再好，跟着坍塌的塔楼一起跌下来也不是什么高兴的事，更何况是加斯帕博士这样一个已经不年轻的人。不管怎么说，加斯帕博士受到惊吓，失去了知觉。

当他醒来时，已经是傍晚了。他向四周望了望：

"真倒霉！眼镜肯定是摔坏了。我不戴眼镜看东西，就像一个不近视的人戴上了眼镜一样，什么都看不清楚，太难受了。"

他生气自己的鞋跟也掉了：

"我个头本来就小，这下又得矮一寸，没准要矮两寸，因为两只鞋跟都不见了！不，当然，只矮了一寸……"

他躺在一堆碎砖断瓦上。整座塔楼几乎都塌了。一截狭长的墙块像根骨刺竖立在外面。远处响起了音乐声。欢快的华尔兹舞曲随风飘来，可是很快音乐就没有了，再也听不到了。加斯帕博士抬起头，黑魆魆的残垣断壁东倒西歪地悬在头顶上，在蓝色的夜空中，星星一闪一闪的。

"这是哪儿来的音乐？"加斯帕博士觉得很奇怪。

没有斗篷，他觉得有一点凉。广场上一点声音也没有。加斯帕博士气喘吁吁地从碎石堆里钻了出来。路上不知是谁的一只靴子绊了他一下。一个锁匠横卧在一段梁上，他四肢挺直，望着天空。加斯帕博士碰了碰他。这人纹丝不动。他已经死了。

加斯帕博士抬手想摘下帽子。

"我的帽子也丢了。现在能去哪儿呢？"

他从广场走了出来。路上横卧着许多人。加斯帕博士俯身去看每一个人，星星映在他们睁大的眼睛里。他用手摸了摸他们的额头，全都那么冰冷，鲜血淋漓。鲜红的血在夜里看起来像是黑色的。

"哎呀！哎呀！"加斯帕博士喃喃自语，"百姓打输了……现在可怎么办呢？"

他走了半个小时，好不容易才走到有人的地方。他又饿又累，还想喝水。城里还是往常的样子。

加斯帕博士站在十字路口，他走了很长一段路，想歇歇脚，心想："真奇怪！灯火通明，人来车往，玻璃大门叮当作响，半圆形的窗户金光闪烁，圆柱旁边一对对人影时隐时现。那里正在举行快乐的舞会。中国花灯在黑魆魆的河水上空旋转。人们过着跟昨天一样的生活。难道他们不知道今天早上发生了什么事？难道他们没听到枪炮声和呻吟声？难道他们不知道百姓的领袖，枪炮匠普洛斯彼罗被抓了吗？莫非根本什么事都没发生过？也许是我做了一场噩梦？"

拐角处点着路灯。路边停着几辆马车。卖花姑娘们在售卖玫瑰花，车夫在跟她们说话。

"他被套在绳索上拖着沿街示众。可怜的人！"

嫉　妒

"现在把他关在铁笼子里,押到三胖宫了。"一个胖车夫说,他头上戴顶蓝色大礼帽,帽上打了个结。

这时一位夫人领着个小姑娘来到卖花姑娘跟前买玫瑰花。

"谁被关进笼子了?"她兴致勃勃地问。

"枪炮匠普洛斯彼罗。卫兵把他抓住了。"

"真是感谢上帝!"夫人说。

那姑娘却已经泣不成声了。

"哭什么,傻孩子?"夫人感到非常诧异,"你可怜那个枪炮匠普洛斯彼罗?用不着可怜他。他想害我们……瞧,多好看的玫瑰花……"

许多偌大的玫瑰花,像游在水里的天鹅,在装满盐水和绿叶的盆里缓缓漂浮着。

"喏,你的三朵玫瑰。没什么好哭的。他们是在造反!要是不把他们送进铁笼里,他们就要夺走我们的房子、连衣裙和玫瑰花,就会把我们赶尽杀绝。"

就在这时,一个男孩从旁边跑过去。他先扯了扯那位夫人缝满星星的斗篷,然后又拽了下小姑娘的辫子。

"不要紧,伯爵小姐!"男孩叫着,"枪炮匠普洛斯彼罗关在笼子里,可踩钢丝的季布尔还逍遥在外呢!"

"哟,你这个坏东西!"

夫人使劲跺了下脚,手里的皮包掉到了地上。卖花姑娘们哈哈大笑。胖车夫借机连忙招呼夫人上他的马车。

夫人和小姑娘坐车走了。

"等等，小猴子！"卖花姑娘冲男孩喊，"过来，说说你都知道什么……"

此刻，有两个车夫从车上下来。他们穿着五层披肩的外衣，跌跌撞撞地走到卖花姑娘跟前。

"瞧，鞭子，鞭子！多长的鞭子啊！"看着车夫挥舞的长鞭，男孩心想。他也想有根这样的鞭子，可是怎么都弄不到。

"你说什么？"一个车夫低声问，"踩钢丝的季布尔没被抓住？"

"大家都这么说，我去过码头……"

"莫非他没被卫兵打死？"另一个车夫也低声问。

"没有，叔叔……啊，漂亮的姑娘，送我一朵玫瑰花吧！"

"等等，傻瓜！你快说说……"

"好吧，是这么回事……刚开始都以为他死了，后来在死人堆里没找到他。"

"也许他被抛到河里了？"车夫问。

一个要饭的加入进来。

"给谁扔到河里了？"他问，"季布尔不是小猫。他不会淹死的！季布尔还活着，他逃出来了！"

"瞎说，你这个饿死鬼！"车夫说。

"季布尔还活着！"卖花姑娘们兴奋地大喊起来。

男孩拽下一朵玫瑰花，抬腿就逃。花朵上的水滴溅到加斯帕博士身上。他擦掉脸上像眼泪一样咸的水珠，也凑上前想听听要饭的说些什么。

嫉 妒

这时,他们的谈话被一件事情打断了。街上来了一列非同寻常的车队。队伍前面打头的是两个骑手,他们举着火把。火焰随风飘摇,就像红胡子一样。随后慢慢地驶来一辆刻着国徽的黑色马车。

再往后跟着许多木匠,人数有一百左右。

他们挽着袖子,戴着围裙,胳膊下面夹着锯、刨子和小盒子,看样子是要准备去什么地方干活。队伍两边是骑马的卫兵,他们不时勒住试图飞奔而出的马。

"这是干什么?这是什么?"路人惊慌起来。

刻着国徽的黑色马车里坐着一位三胖国的官员。卖花姑娘们吓坏了。她们用双手遮住脸,透过指缝看玻璃车门里露出的人头。街上灯火辉煌,一个戴着假发的黑脑袋在来回摇晃,像死人一样,好似一只鸟立在车里。

"躲开!"卫兵们大嚷着。

"这些木匠要去哪儿?"有个卖花的小姑娘问卫队长。

卫队长冲着她恶狠狠地大吼一声,这吼声像一股风把她的头发都吹得鼓了起来:

"木匠去修断头台!明白吗?要修十个断头台!"

"啊!"

卖花姑娘手里的花盆掉到了地上。玫瑰花水像果汁一般,洒了满地。

"他们去修断头台!"加斯帕博士惊恐万分,不禁重复道。

"断头台!"卫队长大吼,转过身来,八字胡下露出两排牙齿,"给那些造反的人修断头台!把所有人的脑袋都砍下来!任何胆敢反抗三胖国的人都要被砍脑袋!"

博士头晕目眩。他感觉自己马上就要昏倒了。

"这一天经历的事太多了,"他自言自语,"我又饿又累,得赶快回家。"

加斯帕博士确实该休息休息了。今天的所见所闻、所有发生的事情都让他感到兴奋,至于跟着塔楼一起飞落下来,丢了帽子、斗篷、拐杖和鞋跟之类的,完全不是什么紧要的事情。当然,最糟糕的是丢了眼镜。他雇了辆车,启程回家了。

第三章 星星广场

加斯帕博士正在往家行。马车在宽阔的柏油路上飞奔,街上的灯光比大厅里还亮。一盏盏高高的路灯从他的头顶快速掠过,好似一个个装满热牛奶的圆球挂在天上,让人目不暇接。路灯四周的蚊蝇乱嗡嗡叫着,落到地上。加斯帕博士的马车沿着河岸边的石头围墙行驶。那里有很多青铜狮子,手抓盾牌,吐着长舌。下面的河水缓缓流淌,亮闪闪的,好像黑魆魆的、黏稠的煤焦油。城市倒映在水里,往水里沉,又向外漂,可是漂不走,最后溶成一个个柔和的金色斑点。马车走过一座座拱门状的桥。从桥下或对岸看,这些桥就像许多弯腰拱背、就要一跃而起的猫。这里的入城口,在每座桥上都有重兵把守。卫兵们坐在军鼓上,有的在抽烟,有的在打牌,还有的在望着星

嫉　妒

星打哈欠。加斯帕博士坐在车上边走边看，边走边听着四面八方的动静。

从街上，从房子里，从小酒馆敞开的窗户里，从游乐园的围墙里，飘来阵阵歌声：

> 普洛斯彼罗枪炮匠，
> 轻而易举落圈套。
> 机灵鬼头牢狱灾，
> 铁笼坐定逃不掉。

一个喝醉的花花公子跟着拍子舞动起来。花花公子的姑妈有很多钱，身边没有一个亲人。姑妈一死，花花公子拿到了全部遗产，所以，他当然不高兴平民起来反对富人。

动物园里正在举行一场盛大的演出。木制舞台上，三只毛茸茸、肉乎乎的肥猴在表演《三个胖国王》。一只狐狗在弹奏曼陀林琴。一个身穿深红色西装的小丑，背上绣着金太阳，肚子上印着颗金星，和着音乐的节奏在拿腔拿调地朗诵一首诗：

> 三个胖子坐一堆，
> 就像三只大面袋！
> 高枕无忧贪吃喝，
> 肚子撑得圆滚滚！
> 嘿，嘿，胖子，要小心，
> 你们的末日已到来！

"你们的末日已到来！"许多长胡须鹦鹉从四面八方鸣叫起来。

此时喧闹声高得出奇。笼子里的飞禽走兽有汪汪叫的，有咆哮的，有啼鸣的，也有吱吱叫的。

一群猴子在舞台上欢蹦乱跳，让人分不清它们的前腿和后腿。它们突然窜进人群，又瞬间溜之大吉。人群大乱。那些胖子尤其闹得厉害。他们气得面红耳赤，浑身发抖，把帽子和望远镜冲小丑身上扔去。一个胖夫人挥起伞，碰到了旁边的胖女人，打掉了她的帽子。

"哎哟哎哟哎哟！"那个胖女人像只母鸡似的咯咯乱叫，连忙伸出两手去抓，因为同帽子一起飞走的还有假发。

一只猴子边跑边用脚掌去拍这女人的秃头，胖女人气得晕倒在地。

"哈哈哈！"

"哈哈哈！"另一些身材瘦削、衣着破旧的观众大笑起来，"太棒了！太棒了！抓住他们！打倒三胖！普洛斯彼罗万岁！季布尔万岁！人民万岁！"

就在这时有人大声叫嚷：

"火！城里着火了……"

人们互相推挤，碰翻凳子，奔向出口。看门人在追捕跑走的猴子。

加斯帕的车夫转过头，用鞭子指着前方说：

"卫兵在纵火烧工人区。他们想抓踩钢丝的季布尔……"

嫉　妒

　　在城市上空、在黑魆魆的一片房子上面，红色的火光窜来窜去。

　　当加斯帕的马车驶到主城广场——星星广场，就走不过去了。入口处挤满了无篷马车、轿式马车，骑马的人和步行者。

　　"这是怎么回事？"加斯帕博士问。

　　没人回应他，因为所有人都在忙着观望广场上发生的事情。车夫站起身来，也往那里看去。

　　这个广场叫作星星广场自有原因。它的周围是清一色高度相等、样式相同的大房子。广场上面罩着一个玻璃顶，于是广场看起来像个巨大的马戏场。在穹顶中央，在高得出奇的地方，点着一只世界上最大的灯。这是个大得吓人的球，用铁环包住，吊在粗大的绳索上，像土星一般。它的光尤其美妙，与地球上的任何光都不一样，于是人们给这盏灯起了个奇妙的名字——星星。整个广场也就开始被这样称呼了。

　　无论是广场、房子里，还是附近的街道，都不再需要什么灯了。这颗星照亮了所有大街小巷和广场四周所有楼房的每一个角落。在这里，人们不需要灯和蜡烛。

　　加斯帕博士的车夫看了看那些各式各样的马车和车夫头上像药瓶盖似的大礼帽。

　　"你看到什么了？那里出什么事了？"博士急切地从车夫身后向前张望。矮个子的加斯帕博士什么都看不见，更别说他还是近视眼。

　　车夫给加斯帕博士转述了他所看到的一切。以下就是他看到的。

广场上群情激动。在一大片圆形场地上，人们跑来跑去。整个广场仿佛旋转木马一般在转圈。人们从一个地方涌到另一个地方，想看清楚广场上空正在发生的事。

高空中那只大得出奇的灯明晃晃地照着，像灼人的太阳，刺得人睁不开眼。人们抬起头，用手遮住眼睛。

"他在这儿！他在这儿！"传来一片尖叫声。

"那儿，快看！在那儿！"

"在哪儿？在哪儿？"

"上面！"

"季布尔！季布尔！"

几百根手指伸向左边。那儿有一栋普通的楼房。六个楼层上所有的窗户都打开了。从每个窗户里露出几个人头，它们的样子各有不同：一些戴着流苏睡帽；另一些戴着粉红色发帽，梳着油亮的卷发；还有一些披着三角头巾；住在楼上的是些贫穷的年轻人——诗人、画家和演员——香烟缭绕中露出他们快乐的、没有胡髭的脸；还有些女人的小脑袋，一头金发闪闪发光，看上去好似她们肩上长了一对翅膀。这栋房子的窗户都带着栏杆，五彩缤纷的脑袋像一只只小鸟从敞开的窗子里探出来，看起来这房子活像个装满金翅雀的大笼子。这些脑袋的主人都想设法看到屋顶上发生了什么重要的事情，但这完全是不可能的，就像不照镜子要看到自己的耳朵一样。对于这些想从自己家看到屋顶的人来说，广场上着了迷的人群就是他们的镜子。广场上的人群看到了一切,他们大声尖叫,挥舞双手。一些人兴高采烈,另一些人怒不可遏。

屋顶上有个很小的身影在缓缓挪动。这个人影顺着三角屋顶的斜坡慢慢地、小心翼翼地、坚定地往下走。他脚下的铁皮屋顶哐啷哐啷地响着。

为了保持平衡,这个人影挥动斗篷,像马戏团里踩钢丝的演员用黄色的中国伞来获得平衡那样。

这就是踩钢丝的季布尔。

人群高呼:

"好,季布尔!好,季布尔!"

"坚持住!想想你在集市上是怎么踩钢丝的……"

"他掉不下来!他是全国最好的马戏演员……"

"他这可不是第一次。我们看过他走钢丝,身手不凡。"

"太棒了,季布尔!"

"快跑!逃命!快去救普洛斯彼罗!"

另一伙人却气势汹汹。他们挥舞拳头恐吓道:

"跑不了你,可怜的小丑,倒霉蛋!"

"这个骗子!"

"敢造反!打死你,兔崽子……"

"小心!我们把你从屋顶拖到断头台去。明天就搭好了十个断头台!"

季布尔在继续他的高空冒险。

"他是从哪儿来的?"人们互相议论,"他怎么到这儿来了？他怎么上到屋顶去的？"

"他逃出了卫兵的魔掌，"一些人回答，"他跑了，不见了，后来人们在城里很多地方看见过他：他飞檐走壁，身法轻捷，就像只猫。他的本领派上了用场，真是名副其实。"

广场上出现了一些卫兵。看热闹的人跑到旁边的街道上。季布尔跨过护栏，站到了房檐上。他伸出一只手，手上裹着斗篷。绿色的斗篷像一面旗在空中飘来飘去。

在集市和星期天游园会上，人们时常看到他拿着这件斗篷，身穿黄黑两色三角图案的紧身衣。现在在高空中，玻璃穹顶下，他看起来又小又瘦，衣服上有条纹，就像一只在白墙上爬的黄蜂。斗篷扬开时，活像黄蜂张开了亮闪闪的绿翅膀。

"你马上就要掉下来了，狡猾的骗子！现在就毙了你！"那个从姑妈那里继承了遗产的花花公子醉醺醺地喊道。

卫兵们选了个有利的角度。一个军官急呼呼地跑过去，手里拿着把手枪，靴子上的马刺像滑雪板那么长。

随后是死一般的寂静。加斯帕博士抓住心口，他的心像沸水里的鸡蛋一样咯噔咯噔跳个不停。

季布尔在房檐上停了一下。他必须先跑到广场对面，接着才能从星星广场逃到工人区那里。

那个军官站到广场中间开满黄色和蓝色鲜花的花坛上。这里还有个水池和从圆形石头池盘中射出的喷泉。

"站住！"军官对士兵们说，"我要亲手毙了他。我是军团里最厉害的神枪手。你们都要学习学习该怎么开枪！"

嫉　妒

　　从四周九座房子到圆顶中间的星灯拉了九根钢绳，它们像海船上的钢索一样粗。

　　在广场上空，看上去闪烁的星灯似乎射出了九道长长的黑光。

　　没人知道季布尔此刻想的是什么。但是，很可能，他是这样决定的：我踩着这条钢索穿过广场，就像在集市上走钢丝一样，我不会摔下去的；一根钢索连着灯，另一根从灯接到对面的房子上，走过这两根钢索，我就能到对面屋顶，这样就可以得救了。

　　军官举起枪开始瞄准。这时季布尔顺着房檐走到悬挂钢索的地方，他离开墙壁，走上钢索，向星灯移步。

　　众人惊得倒吸一口凉气。

　　他时而走得很慢，时而突然像跑步一样快速又小心翼翼地迈着大步，张开双臂，摇摇晃晃，每时每刻都令人感觉他要掉下一般。现在他的人影映到了墙上。他越走近星灯，落在墙上的影子就越低，越变得又大又浅。

　　下面就是万丈深渊。

　　就在他走到离星灯还有一半路的时候，寂静中传来那军官的声音：

　　"现在我可要开枪了，让他直接飞到水池里。一、二、三！"

　　砰的一声枪响。

　　季布尔继续向前走着，可那军官却不知怎么直接翻进了水池里。

他被打死了。

一个卫兵提着手枪,枪口冒着白烟。是他开枪打死了军官。

"狗杂种!"这卫兵说,"你想杀死人民的朋友。我不会让你得逞。人民万岁!"

"人民万岁!"另一些卫兵声援他。

"三胖万岁!"反对他们的人喊了起来。

他们向四面分散开,对着走钢丝的人开火。

季布尔已经离星灯只有两步远了。他挥动斗篷避开刺眼的灯光。子弹从他身旁飞过。人群欢呼雀跃。

啪!啪!

"没中!"

"太好了!没中!"

季布尔爬上星灯四周的铁环。

"没关系!"卫兵们叫道,"他要到那边去……要走另一条钢索。我们从那儿把他弄下来!"

就在这时,发生了一件出乎所有人意料的事情。原本身上有条纹的人影在耀眼的灯光下变成了黑色。他蹲在绿铁环上,扭动开关,"喀嚓"一声——吊灯瞬间熄灭了。没等任何人反应过来,周围已经一片漆黑,静得出奇,像在一口大箱子里一样。

紧接着,高空中什么东西又"叮当"一声,漆黑的圆顶中打开了一个暗淡的正方形出口。人们看到了一小块天空和两颗小星星。随后,在天空的映衬下,只见一个黑色的身影爬到正方形口子里,人们还听到有人在玻璃圆顶上快速跑了过去。

演马戏的季布尔从天窗逃离了星星广场。

枪声和突然降临的黑暗使马儿大受惊吓。

加斯帕博士的车险些人仰马翻。车夫猛地来了个急转弯,绕道把加斯帕博士拉走了。

于是,遭遇了不平常的一天一夜后,加斯帕博士终于回到了家。他的管家加尼梅德姨妈站在台阶上迎接他。她非常焦急。毕竟加斯帕博士出门了这么长时间!加尼梅德姨妈两手一拍,摇着脑袋,哎哟哟地大声感叹道:

"您的眼镜在哪儿?……打碎了?哎呀,博士啊,博士!您的斗篷呢?……丢了?哎呀,哎呀!……"

"加尼梅德姨妈,我还掉了两只鞋跟呢……"

"哎哟,真倒霉!"

"加尼梅德姨妈,今天可出了大事:枪炮匠普洛斯彼罗被抓了。他们把他关在铁笼子里。"

加尼梅德姨妈对白天发生的事情一无所知。她听到了炮声,看到了房子上空的火光。一个女邻居告诉她,有一百个木匠正在法场上为造反的人搭断头台。

"我吓坏了,合上百叶窗,拿定主意不出门。我每时每刻都在等您回家。真急死了……午餐凉了,晚饭也冷了,可还是不见您人影……"她补充道。

夜深了，加斯帕博士开始铺床睡觉。

在他所研究的一百种学问里，有一门是历史。加斯帕博士有一个精装的皮面大本子。在本子里，他写下了自己对重大事件的想法。

"做事要一丝不苟。"加斯帕博士举起一根手指说。

于是，尽管很累，加斯帕博士还是拿起他的皮本子，坐到桌旁，拿笔记下：

"工匠、矿工、水手——城里所有穷苦的工人都起来反抗三胖统治。卫兵们赢了。枪炮匠普洛斯彼罗被抓，踩钢丝的季布尔逃走。刚才在星星广场，一个卫兵举枪打死了自己的军官。这意味着，很快，所有的士兵都会拒绝对抗人民，拒绝捍卫三胖统治。不过，现在不得不替季布尔的命运担心……"

这时，加斯帕博士听到身后有响声。他环顾四周，后面是个壁炉。从壁炉里爬出一个身披绿斗篷的高个子。这人正是踩钢丝的季布尔。

嫉　妒

— 第二部　图季王子的洋娃娃 —

第四章　气球小贩历险记

第二天，法场的工地上如火如荼：木匠们在造十个断头台。押解他们的卫兵都在监工。木匠们有气无力地干着活。

"我们不愿修断头台去残害手工艺人和矿工！"他们愤愤地说。

"他们都是我们的兄弟！"

"他们是为了解放所有劳动者才赴死的！"

"住口！"卫队长大吼一声，嗓门高得吓人，连工地上的木板都震得滚落下来，"住口！否则，我就命人狠狠地抽你们鞭子！"

一大早，人群就从四面八方涌向法场。

狂风大作，尘土飞扬，店铺的招牌来回摇晃，咯吱作响，人们头上的帽子被风刮落，在马车轮下滚来滚去。

有个地方因为刮风，发生了一件不可思议的事情：一个卖气球的商贩被气球带上了天。

"乌拉！乌拉！"孩子们看到这种奇幻飞行，高喊起来。

他们拍手称快。首先，这个场景本身确实有趣；其次，飞起来的气球小贩尴尬的样子使孩子们感到有些惬意。孩子们总是十分嫉妒这个小贩。嫉妒是一种坏情绪。可又能怎么办呢？红、蓝、黄，各种颜色的气球，看起来都那么美。每人都想有一个这样的气球，而小贩手里有一大堆。不过，奇迹是不会发生的！不管是最听话的男孩，还是最细心的女孩，小贩这辈子从没送过一个气球，无论红的、蓝的，还是黄的。

现在，命运惩罚了他的铁石心肠。他在城市上空飘来飘去，身体挂在系气球的绳子上。在艳丽的蓝天里，这些高高飞舞的气球就像一串富有神力的、五颜六色的葡萄。

"救命！"小贩大声呼叫，他无依无靠，两腿乱蹬。

他的脚上穿着一双硕大无比的草鞋。在地上走时，一切还都能应付过去。为了不让鞋子掉下来，他可以像个懒蛋那样在人行道上拖拉着走。可现在飞在天上，这种妙招就不管用了。

"见鬼！"

一大串气球缓缓上升，咯吱咯吱，呼呼作响，摇摇晃晃，随风飞舞。

嫉　妒

一只鞋还是飞了下来。

"看！花生！花生！"孩子们在下面边跑边喊。

的确，从空中掉下来的鞋子，样子像极了花生。

这时，街上走过一个舞蹈教师。他体态优美，高高的个子，圆圆的小脑袋，纤细的双腿——他看起来不知是像小提琴，还是像蚱蜢。他那两只娇嫩的耳朵听惯了哀怨低沉的笛声和舞伴们的轻声细语，无法忍受孩子们的高声欢呼。

"别叫了！"他气坏了，"怎么能这么大喊大叫！高兴要用优美、悦耳的语句来表达……嗯，比如……"

他摆了个姿势，但是没来得及摆好——像所有舞蹈教师一样，他有个低头看脚的习惯。唉！他没有抬头看到空中发生的事。

气球小贩的鞋从天而降，落到了他的头上。他的头很小，那只大草鞋像顶帽子一样刚好砸在他的头上。

这时，优雅的舞蹈教师也像赶懒牛的人一样吼叫起来。鞋子遮住了他的半张脸。

孩子们捂着肚子：

"哈哈哈！哈哈哈！"

　　舞蹈老师一二三，
　　低头看地不看天，
　　尖声细语像老鼠，
　　鼻子长得长又长，

一只草鞋从天降，
　　　直接砸到鼻子上！

　孩子们坐在围墙上放声高唱，随时准备跳到一边逃走。

　"哎哟！"舞蹈教师垂头丧气，"哎哟，太倒霉了！哪怕是只舞鞋也好，多么恶心的一只破草鞋啊！"

　结果舞蹈教师被抓走了。

　"亲爱的先生，"卫兵对他说，"你这副样子会引起恐慌。你破坏了社会稳定，这是坚决禁止的，更不用说时下都惶惶不安。"

　舞蹈教师立时慌得不知所措。

　"瞎说！"他放声大哭，"冤枉啊！我是个整天活在华尔兹和笑容里的人，我这身材就像个高音谱号——我怎么能破坏社会安定呢？呦！……呦！……"

　舞蹈教师接下来的情况不得而知。不过，说他也没什么意思，现在气球小贩的遭遇更值得一提。

　他就像一朵蒲公英，在空中飞来飞去。

　"岂有此理！"小贩大吼大叫，"我不想飞！我不会飞……"

　可是无济于事。风越来越大，气球飞得越来越高。风把气球吹出了城外，朝着三胖宫的方向飘去。

　小贩时而还能往下面看看。他看到一个个屋顶，像脏指甲般的瓦片，街区，狭窄的蓝色河流，胖娃娃似的人和一片片绿色的花园。城市像别在针上的纸风车一样在他脚下旋转。

突然,他发现大事不妙。

"再过一会儿,我就要掉进三胖的花园里了!"小贩吓得胆战心惊。

紧接着,他体态优美、神气活现地缓缓飞过花园,越飘越低。风停了下来。

"没准我这就要落地了。他们会抓住我,先把我一顿暴打,再关进监狱;或者立刻砍头,免得麻烦。"

但是,谁都没看见他。只有树上一群受惊的鸟儿向四面八方飞去。五彩缤纷的气球在空中飘舞,投下轻盈的影子,好像一朵朵彩云。气球的影子闪着欢快的色彩,划过石子小路,飞过花坛,越过骑鹅少年雕像和在岗哨上酣然入睡的卫兵。卫兵的脸上发生了奇妙的变化。他的鼻子先是变得铁青,像死人似的,接着又变成了绿色,像魔术师的假鼻子,最后又红得像个酒鬼的鼻子。色彩变幻莫测,像万花筒里的玻璃片一样。

致命的时刻到了:气球商贩向所有窗户大敞四开的三胖宫飘去。他觉得,毫无疑问,自己马上会像片羽毛一样飞进一扇窗户里。

果然不出所料。

小贩飞入了一扇窗户。原来这里是宫廷厨房,是做甜点的地方。

今天三胖宫里计划举行盛大的早宴,庆祝成功镇压昨天的叛乱。早宴后,三个胖国王、全体内阁官员、侍从和贵宾都要到法场上去。

我的朋友们，进到宫廷点心房看看是件非常令人神往的事情。三个胖子对美味佳肴了如指掌，更不用说是这么非同寻常的日子。庆祝宴会！你一定能想象到，今天宫廷厨师和甜点师做了多么精美的食物。

气球小贩飞进点心房，他立时感到既恐惧又兴奋。大概，活像一只黄蜂飞到疏忽大意的主妇放在窗台的蛋糕上，又惊又喜。

他飞了一分钟，什么都来不及细看。一开始他觉得，他来到了一个奇妙的鸟巢里，南方五颜六色的珍禽异鸟在那里忙来忙去，咕咕嘎嘎、叽叽喳喳叫个不停。

可一转身，他又感觉这不是鸟巢，而是一个水果摊，这里堆满了汁水四溢的热带水果。水果泡在果汁中，一股甜甜的香味钻进他的鼻子里，他感觉头晕目眩，喉咙憋闷，喘不过气来。

此刻，奇妙的鸟巢和水果摊，一切都混作一团。

气球小贩一下子坐到什么软绵绵、热乎乎的东西上。他没有放开气球——他紧紧地攥着绳子。气球一动不动地停在他头顶上。

他眯起眼睛，下决心不睁开来——无论怎样都不睁开。

"现在我什么都明白了，"他想了想，"这不是鸟巢，也不是水果摊。这是点心房，我坐在了大蛋糕上！"

果然如此。

嫉　妒

　　他坐在一个巧克力、橙子、石榴、奶油、蜜饯、糖粉和果酱的王国里，坐在国王的宝座上，就像一个芳香四溢、五光十色的王国的统治者。他的王位就是大蛋糕。

　　他没有睁开眼睛。他等着一场大乱，一场狂风暴雨的到来——他已经做好了应对一切的准备。可随后发生的事情却是他无论如何都没有料到的。

　　"蛋糕完了。"做甜点的小厨师一脸严肃，忧伤地说。

　　接着，一片寂静。只有煮沸的巧克力糖浆在冒着气泡，噼噼啪啪响个不停。

　　"那怎么办？"气球小贩悄声说，吓得喘不过气来。他使劲闭上眼，把眼皮挤得发疼。

　　他的心怦怦地跳着，像储钱罐里的一枚硬币。

　　"胡说！"做甜点的老师傅同样神情严肃地说，"大厅里已经吃光了第二道菜。二十分钟后蛋糕就该上桌。让五颜六色的气球和飞进来的这个混蛋的那张鬼脸去装饰庆典的大蛋糕吧。"甜点师傅话音刚落就大嚷道："拿奶油来！"

　　真把奶油给拿来了。

　　这怎么能行？！

　　三个甜点大师和二十个小厨师一股脑儿向小贩扑过来。他们这股干劲真应该得到三胖中最胖的那个大王的最高奖赏。不一会儿，小贩从上到下都被糊上了。他闭眼坐着，什么也看不见，但这场景确实古里古怪。他被严严实实地箍住了，只是头和圆脸伸在外面。他的脸活像一只画着雏菊的茶壶，他的身上盖满了一层白里带红的奶油。小贩看上去什么都像，唯独不像他自己。就如他丢的那只草鞋一样，他的真实面孔已不见踪影。

此刻诗人会把他视为雪白的天鹅，园丁会把他当成大理石雕像，洗衣妇会把他看成一堆肥皂泡沫，而淘气的孩子会把他当成雪人。

他的头顶上悬着气球。这样装饰蛋糕真是标新立异，不过，这一切构成了一幅相当有趣的画面。

"好。"甜点大师用艺术家的腔调欣赏着自己的大作。然后，他的嗓音突然跟刚才一样变得凶起来。他大嚷着："蜜饯！"

蜜饯来了。苦的、香草味的、酸的、三角形的、星形的、圆形的、新月形的和玫瑰花形的，各种各样，一应俱全。

小厨师们使出全力干着。甜点大师还没来得及拍三下手，整堆奶油，整块蛋糕，已经全都抹上了蜜饯。

"好了！"甜点大师说，"现在，大概，该把它放到炉子里烤了，得烤得焦黄才行。"

"放到炉子里！"气球小贩可吓坏了，"什么？什么炉子？把我放到炉子里？！"

就在这时，一个仆从跑进了点心房。

"蛋糕！蛋糕！"他喊道，"快上蛋糕！大厅里等着甜点呢。"

"好了！"甜点大师回答道。

嫉　妒

"嗯，上帝保佑！"气球小贩心里嘀咕着。此时他才稍稍睁开眼睛。

六个身穿蓝色制服的仆从抬起了他坐的大托盘。他就这么被抬走了。他刚一离开，就听到小厨师们哄堂大笑。

他们把气球小贩抬上宽阔的楼梯，进入大厅。他又闭了会儿眼睛。大厅里热闹非凡，一片嘈杂的说话声、嬉笑声和鼓掌声。显然，庆典早宴开得很成功。

气球小贩，或者确切点说是大蛋糕，被抬进来摆到桌上。

这时他才完全睁开眼睛。

就在此刻，他看到了三个胖国王。

他们胖得出奇，气球小贩惊得不由张大了嘴。

"得赶快合上嘴，"他立即意识到，"这种场合最好不要暴露我的真身。"

可是，唉，嘴闭不上了。他的嘴就这样整整张了两分钟。随后，气球小贩的惊诧舒缓了一些。他好不容易才闭上了嘴，但马上又瞪大了眼睛。他费了好大劲，一会儿闭嘴，一会儿合上眼，最后终于克制住自己的惊奇。

三个胖国王坐在主座的位置上，居高临下，不可一世。

他们三个吃得最多。其中一个竟咬起餐巾来。

"您在吃餐巾……"

"真的？我走神了……"他丢下餐巾，又去啃三胖王的耳朵。顺便说一句，这只耳朵好像个甜饺子。

大家笑弯了腰。

"别开玩笑了,"二胖王举起叉子说,"庄严的时刻到了。大蛋糕来了。"

"乌拉!"

大厅里个个兴致勃勃。

"怎么办呢?"气球小贩痛苦万分,"怎么办呢?他们要吃我了!"这时,钟敲了两下。

"再过一小时,法场上就要行刑了。"大胖王说。

"第一个要处决的,一定是枪炮匠普洛斯彼罗了?"一个贵宾问。

"今天不杀他。"国务大臣回答说。

"什么?什么?为什么?"

"我们暂时留他不死。我们想从他这里拿到暴动的计划和主犯的姓名。"

"他现在在哪儿?"

所有人都来了兴致,竟把大蛋糕给忘了。

"还关在铁笼里。笼子就在宫里,在图季王子的动物园里。"

"叫他来……"

"把他押上来!"大胖王说,"让我们的客人近距离看看这头野兽。我本想带大家去动物园,可那里全是野兽的咆哮声、尖叫声,臭气熏天……这比干杯的叮当声和水果的香味可差远了……"

"当然!当然!用不着去动物园……"

"把普洛斯彼罗押到这儿来。我们可以边吃蛋糕边瞧瞧这头怪物。"

"又是蛋糕!"气球小贩吓得丢了魂,"就知道蛋糕……这些贪吃鬼!"

"把普洛斯彼罗押上来。"大胖王说。

国务大臣出去了。仆从们让开一条路,站在两侧,夹道鞠躬。队列立时矮了一半。

贪吃鬼们全部悄无声息了。

"他可吓人了,"二胖王说,"他比谁都厉害,比狮子都强壮。两眼放出仇恨的凶光。根本不敢直视他的眼睛。"

"他的脑袋太可怕了,"内阁秘书说,"大得很,像个柱顶。他的头发红彤彤的,像一团火。"

当话题转到枪炮匠普洛斯彼罗,贪吃鬼们全都变了样。他们不吃不喝了,不开玩笑,也不再吵闹。他们收起肚子,有的甚至脸色煞白。许多人已经不再想看普洛斯彼罗了。

三个胖国王一脸严肃,好似瞬间变瘦了。

突然,大家静了下来。鸦雀无声。三个胖国王不约而同动了一下,像是要藏到另一个身后去。

枪炮匠普洛斯彼罗被带进了大厅。

走在前面的是国务大臣,两边是卫兵。他们走进大厅,没有摘下黑油布帽子,手里神气十足地握着马刀。镣铐叮当作响。枪炮匠的双手铐着铁链,他被带到桌前。他站在离三个胖国王几步远的地方。普洛斯彼罗低头站着,脸色苍白。他的额头和太阳穴上，蓬乱的红头发下，满是血污。

他昂起头，向三个胖国王看了看。坐在一旁的所有人都向后退去。

"你们为啥把他带来？"一个客人大叫起来。这是国内最有钱的磨坊主。"我怕他！"

磨坊主吓昏了过去，鼻子直接伸进果冻里。有的客人向出口奔去。没人顾得上大蛋糕了。

"你们想要我怎么样？"普洛斯彼罗问。

大胖王鼓足了劲儿。

"我们想看看你，"他说，"难道你不想看看自己落在了谁的手里吗？"

"我看见你们就作呕。"

"很快我们就会砍掉你的头，这样你就再也看不到我们了。"

"我不怕。我的头只有一个，人民的头成千上万。你们砍也砍不完。"

"今天就在法场行刑。在那里，刽子手会收拾你那些同伙的。"

贪吃鬼们得意地笑了笑。磨坊主醒过神来，舔了舔脸上的玫瑰果冻。

"你们肥头大耳，"普洛斯彼罗说，"除了自己的大肚子，你们什么也看不见！……"

"你倒是说说！"二胖王很不高兴，"我们还应该看什么呢?"

"问问你们的大臣去吧。他们了解国内的情况。"

国务大臣含含糊糊地应了一声,其余的大臣们用手指敲击着盘子。

"问问他们,"普洛斯彼罗接着说,"他们会告诉你们……"

他停了一下。所有人都竖耳倾听。

"他们会告诉你们,农民因为你们夺走了他们含辛茹苦收获的粮食,正在起来反抗地主。他们烧毁地主的庄园,把地主从自己的土地上赶走。矿工不想挖出煤来被你们窃为己有。工人砸毁机器,他们不再为你们发家致富卖力。水手们把你们的货物扔进大海。士兵拒绝为你们卖命。科学家、官员、法官、演员全都站到人民一边。所有为你们工作只换来分文,而让你们膘肥体胖的人;所有不幸的,一贫如洗、忍饥挨饿、骨瘦如柴的人;所有孤儿、残疾人、乞丐——全都起来与你们决战,打倒脑满肠肥、铁石心肝的财主……"

"我看,他在胡说八道。"国务大臣插嘴道。

普洛斯彼罗接着说下去:

"十五年来,我一直在教导人民憎恨你们,憎恨你们的政权。啊,我们早已经准备好了!现在你们的末日到了……"

"够了!"三胖王尖叫起来。

"快把他关回笼子里去。"二胖王说。

大胖王发话了:

"你先待在笼子里,等我们抓到耍马戏的季布尔,把你们一起处死。百姓见到你们的尸首，就再也不想跟我们斗了！"

普洛斯彼罗默不作声。他又低下了头。

大胖王接着说：

"你忘了你在跟谁作对。我们三胖国威力无比。一切都在我们手里。我大胖王掌管地上长出来的所有粮食，全部的煤归二胖王所有，三胖王买下了全部的铁。我们是最有钱的人！比全天下最有钱的人都要富一百倍。我们拿手里的金子想买什么就买什么！"

这时，贪吃鬼们发狂起来。大胖王的话给他们壮了胆。

"把他关进笼子里！关到笼子里！"他们开始大嚷大叫。

"关到动物园里！"

"关进笼子里去！"

"暴徒！"

"关进笼子里去！"

普洛斯彼罗被带走了。

"现在我们吃大蛋糕吧。"大胖王说。

"完了。"气球小贩听天由命。

所有的目光都汇聚到他身上。他闭上眼睛。贪吃鬼们兴高采烈：

"呵呵呵！"

"哈哈哈！多奇妙的蛋糕啊！快看气球！"

"太可爱了。"

"瞧瞧这脸蛋！"

嫉　妒

"太妙了。"

所有人都向蛋糕走来。

"这个滑稽的鬼家伙里面装的是什么？"有人问，并用力弹了一下气球小贩的前额。

"一定是糖果。"

"不然就是香槟酒……"

"有意思！太有意思了！"

"先把他的头切下来，看看里面到底是什么……"

"啊！"气球小贩禁不住真真切切地喊了一声，睁开了眼。

好奇的人们往后一闪。就在这时，走廊里传来一个孩子的大叫声：

"洋娃娃！我的洋娃娃！"

大家都在仔细聆听。尤其慌乱的是三个胖国王和国务大臣。

大叫声变成了哭声。走廊里一个大受委屈的孩子在失声痛哭。

"怎么回事？"大胖王问，"图季王子哭了！"

"是图季王子哭了！"二胖王和三胖王异口同声地跟着叫嚷。

三个人都脸色惨白，失魂落魄。

国务大臣及几个其余的大臣和仆从们向走廊口奔去。

"怎么回事？怎么回事？"大厅里的人私下小声议论起来。

男孩跑进大厅，把大臣和仆从推到一边。他跑到三个胖国王跟前，头发蓬乱，漆皮鞋闪着亮光。他号啕大哭，不时喊出几个词来，谁都听不懂。

"这个小家伙会看到我的！"气球小贩不由心惊胆战，"可恶的奶油把我弄得喘不过气来，连手指都不能动一下，当然，小孩都喜欢这种可恶的奶油。要想不让他哭，他们当然会给他切下一块蛋糕，那就得带上我的脚后跟一起切掉了。"

但是，这个男孩对蛋糕看都不看一眼，就连悬在气球小贩圆圆的头上那些美妙的气球也没引起他的注意。

他哭得太伤心了。

"怎么了？"大胖王问。

"图季王子为什么哭？"二胖王问。

三胖王鼓起了两腮。

图季王子有十二岁了。他在三胖宫里受教育长大，活像个小皇帝。三个胖子想有个继位的人，可他们没有孩子。他们的所有钱财和执政大权都要传给图季王子。

图季王子的眼泪比枪炮匠普洛斯彼罗那些话更让三个胖子感到惊慌。

图季王子握紧双拳，挥来挥去，跺着脚。

他的愤怒和委屈无休无止。

谁都不知道是什么原因。

他的那些老师们躲在柱子后面翘首张望，不敢走进大厅。他们都穿着黑袍，头顶黑色假发，看上去就像熏了烟黑的玻璃灯罩。

嫉　妒

　　最后，小王子安静了一些，说出了原因。
　　"我的洋娃娃，我的好娃娃坏了！……他们把我的娃娃弄坏了。卫兵用马刀把我的娃娃砍坏了……"
　　他又号啕大哭起来，用小拳头揉着眼睛，抹得满脸都是眼泪。
　　"什么？！"三个胖子号叫起来。
　　"什么？！"
　　"卫兵？"
　　"砍坏了？"
　　"用马刀？"
　　"砍了图季王子的娃娃？"
　　大厅里所有人都在低声议论，惊叹不已：
　　"这绝不可能！"
　　国务大臣捂住脑袋。那个神经脆弱的磨坊主又晕了过去，大胖王一声号叫，他瞬间苏醒过来。
　　"停止庆祝！一切活动改天进行！召集内阁会议！召集所有官员！所有法官！所有大臣！所有刽子手！取消今天的行刑！宫里发生叛乱了！"
　　立时乱作一团。刹那间，宫廷马车向四面八方飞驰而去。五分钟后，法官、顾问、刽子手从大街小巷奔向王宫。法场上等待处决造反者的人群也该解散了。传令官登上断头台，当众宣布：由于特殊原因，死刑改在明天执行。
　　气球小贩连同蛋糕一起被抬出了大厅。贪吃鬼们顿时清醒过来，围着图季王子，听他讲述。

"我坐在花园的草地上，洋娃娃就坐在我身边。我们想要看日食。这太好玩了。昨天我在书里读到的……日食时，白天也有星星……"

小王子泣不成声。于是，他的老师替他讲了整个经过。其实，这位老师说得也很吃力，因为他一直吓得浑身发抖。

"我坐在离图季王子和那个洋娃娃不远的地方。我仰着鼻子晒太阳。我鼻子上长了个疙瘩，我想阳光可以帮我消掉这个可恶的东西。突然，过来一帮卫兵，他们一共有十二个人。他们在谈论着什么，样子很激动。走到我们跟前，他们停下了。他们气势汹汹。其中一个指着图季王子说：'瞧，就是这只小狼。三头肥猪养的一只狼崽。'唉！我明白那些话的意思。"

"三头肥猪是谁？"大胖王问。

其余两个胖国王的脸涨得通红。接着大胖王的脸也红了。三个人哼哧哼哧地喘着粗气，阳台上的玻璃门被震得一会儿开、一会儿关。

"他们把图季王子团团围住，"老师接着说，"他们说：'三头肥猪养一只黑心狼。图季王子，'他们问道，'你的心长在哪边？……他的心早就被人挖没了。他长大了以后一定也非常冷酷无情，凶狠残暴，仇视百姓……等三头猪一咽气，这只恶狼崽就会登基继位。'"

"你为什么不制止这些可怕的言论？"国务大臣喊了起来，拼命摇晃着这位老师的肩膀，"难道你猜不到这些都是跑到百姓那边去的叛徒吗？"

老师吓得丢了魂，吭吭哧哧地说：

"我看出这个来了，可是我怕他们。他们杀气腾腾。我除了这个疙瘩，什么武器都没有……他们手持刀枪，准备豁出一切。'看，'其中一个说，'看这个玩具，看这个洋娃娃。小狼崽在玩洋娃娃。他们不让他看到真的孩子，用一个带弹簧的玩具娃娃陪他做伴。'接着另一个喊起来：'我儿子和妻子都在乡下！我儿子用梭镖扎中了地主花园树上的梨。地主命人用树条抽打我的孩子，说他玷污了地主的尊严，又叫他的走狗们把我妻子绑到柱子上示众。'守卫大喊起来，向图季王子逼近。那个提到自己孩子的卫兵拔出刀就朝娃娃刺去，其他卫兵也一样……"

讲到这儿的时候，图季王子又泪流满面。

"'好你个狼崽子！'他们说，'以后我们去找那三头肥猪算账。'"

"这些叛徒在哪儿？"三个胖国王勃然大怒。

"他们甩下洋娃娃就往花园里跑。他们边跑边喊：'枪炮匠普洛斯彼罗万岁！季布尔万岁！打倒三个胖国王！'"

"为什么卫队不开枪？"大厅里的人躁动起来。

接着老师又说了件可怕的事：

"卫队向他们挥舞着帽子。我从围墙后面看到一些卫兵跟他们告别。他们说：'同志们！到百姓那里去吧，告诉他们，很快全部军队都会站到他们那边……'"

这就是花园里发生的事情。这件事引起了一片恐慌。接着最忠诚的宫廷近卫队被布置在宫殿里、花园出入口、桥头和通往城门的路上站岗。

内阁召集会议。客人们都散了。三个胖国王在御医的秤上称了称体重。结果，即使心慌意乱，他们身上的脂肪也一点没少。御医被押了下去，他们只给他吃点面包、喝点白水。

图季王子的洋娃娃在花园草地上被找到了，这娃娃没等到看日食就已经坏得不成样子了。

图季王子怎么也静不下来。他抱着被砍坏的娃娃放声大哭。这个心爱的娃娃是个小女孩，个子跟图季王子一样高。娃娃很昂贵，做得非常精巧，看上去跟真的小女孩没什么两样。

现在她的连衣裙破破烂烂，胸口被马刀戳出了一个个黑洞。一个小时前她还会坐、会站、会笑，还会跳舞，现在她成了一个普普通通的玩具，一堆没用的东西。在她的喉咙里、胸口上，在粉红的绸衫下面，一根断了的弹簧在嘶嘶发响，就像旧钟表在报时前发出的嘶嘶声一样。

"她死了！"图季王子委屈地说，"多么难过啊！她死了！"

小图季并不是黑心的狼崽。

"这个娃娃必须修好，"国务大臣在内阁会议上说，"图季王子痛苦至极。无论如何都得把娃娃修好！"

"应该再买一个。"大臣们建议。

"图季王子不想要另一个娃娃。他想要这个娃娃'活'

嫉　妒

过来。"

"可谁能把她修好呢?"

"我知道。"教育大臣说。

"谁?"

"我们忘了,先生们,城里有个加斯帕博士。这个人什么都会。他一定能修好图季王子的洋娃娃。"

大家欣喜若狂:

"太棒了!太棒了!"

一想到加斯帕博士,全体内阁官员齐声高唱:

> 地球到星星怎么穿越,
> 怎么抓住狐狸的尾巴,
> 怎么把石头变成蒸汽,
> 我们的博士全都知道。

他们立即对加斯帕博士起草了一道命令。

加斯帕博士:

三胖政府内阁随此送去图季王子坏损的洋娃娃一个,限你明天之前修好。如果娃娃恢复原样,修好如初,您将获得您想要的任何奖赏;若修不好,将予以严惩。

国务大臣

国务大臣签好字,盖上一个大大的国印。国印是圆的,上面还刻着一个塞得鼓鼓的大钱袋。

宫廷近卫队队长波拿文土拉上尉在两名卫兵的护送下进城去找加斯帕博士,向他传达内阁的命令。

他们骑着马,后面跟着一辆轿式马车。车里坐着一位宫廷官员。他把娃娃抱在腿上。洋娃娃一头卷发梳得整整齐齐,美丽的小脑袋伤心地靠在官员的肩上。

图季王子已经不再哭了。他相信明天一定会给他送回一个蹦蹦跳跳、死而复生的洋娃娃。

王宫里心惊肉跳的一天就这样过去了。

不过,那个飞进宫里的气球小贩后来又如何了呢?

他被抬出了大厅——这我们已经知道了。

他又回到了点心房。

接着,灾难降临了。

有个端大蛋糕的仆人一脚踩到了橘子皮上。

"当心!"另外几个仆人大声嚷着。

"救命!"气球小贩急得大叫,他感到自己的宝座摇摇欲坠。

可那个仆人没站住。他扑通一声倒在坚硬的瓷砖地上。他双腿朝天,拉长音调,嗷嗷直叫。

"乌拉!"小厨师们欢天喜地,高声呼叫起来。

"见鬼!"气球小贩哀叹了一声,就跟着那个仆人,连同大托盘和蛋糕一起砸到地上。

嫉　妒

　　盘子摔得粉碎。奶油就像雪团一般四处飞溅。摔倒的仆人跳起来连忙跑掉了。

　　小厨师们欢蹦乱跳，大嚷大叫。

　　气球小贩一屁股摔到地上，坐在一滩马林果酱和一团团上好的法国奶油上，周围是一堆碎盘子。那奶油在横七竖八的碎蛋糕上令人难过地化掉了。

　　看到点心房里只有几个小厨师，三个大师傅都没在，气球小贩倒舒了口气。

　　"我跟几个小厨师好好说说，他们会帮我跑出去的，"他想定了主意，"我的气球会救我出去。"

　　他牢牢地抓着气球上的绳子。

　　小厨师们把他团团围住。从他们的眼神里，气球小贩看出，对他们来说，气球是个宝，哪怕拥有一只气球都是他们莫大的梦想和幸福。

　　他说："我已经恨透了。我不是孩子，也不是英雄。我可不爱飞来飞去的，我怕三个胖国王，我也不会装饰庆典大蛋糕。我就想从宫里出去。"

　　小厨师们止住了笑。

　　气球飘来飘去，左转右转。阳光映在气球上，闪着五颜六色的光，一会儿蓝，一会儿黄，一会儿又红艳艳的。真是太奇妙了。

　　"你们能帮我逃跑吗？"气球小贩拽着气球绳子问。

　　"行。"一个小厨师悄声说。马上又补了一句："那你把气球给我们。"

气球小贩胜利了。

"好,"他若无其事地说,"气球很贵。我离不开这些气球。不过,我说好了给你们。我喜欢你们。你们个个眉开眼笑,一脸快活,嗓门也那么嘹亮。"

"见你们的鬼去吧!"他在心里又加了一句。

"现在大师傅在仓库里呢,"有个小厨师说,"他在称喝茶时吃的饼干配料。我们要在他回来之前把一切办妥。"

"对,"气球小贩表示同意,"事不宜迟。"

"马上就办。我知道一个秘密出口。"

小厨师边说边走到放在一块瓷砖上的大铜锅前,掀开锅盖。

"把气球拿来。"他说。

"你疯了!"气球小贩大怒,"我要你的锅有什么用?我要逃走。怎么,我得爬进锅里去,还是什么?"

"就是这样。"

"爬到锅里?"

"爬到锅里。"

"然后怎样?"

"进去你就知道了。快进去吧。这是最好的逃生办法。"

这口锅太大了,不仅瘦瘦的气球小贩能爬进去,就连三个胖国王中的大胖王也完全装得下。

"快爬,不然来不及了。"

嫉　妒

　　气球小贩往锅里看了一眼。那里深不见底，仿佛万丈深渊，又似黑漆漆的深井。

　　"好吧，"他叹了口气，"进锅里就进锅里吧，总比在天上飞和洗奶油浴好。就这样吧，再见了，你们这些小骗子！为了我的自由，值了。"

　　他解开绳子，把气球分给小厨师们。他们每人一个，刚好二十个，人人手里都举着气球。

　　随后，他笨手笨脚地爬进锅里。小厨师砰的一声盖上了锅盖。

　　"气球！气球！"小厨师们兴高采烈地嚷起来。

　　他们跑下楼，来到点心房窗下的花园草坪上。

　　在这露天地里玩气球，那才有意思呢！

　　突然，点心房的三扇窗户里冒出了三个大师傅。

　　"什么？！"他们个个暴跳如雷，"这是怎么回事？什么乱七八糟的？给我回来！"

　　小厨师们被呵斥声吓得一激灵，放开了拴气球的绳子。

　　狂欢到此终了。

　　二十个气球飞快地飘向蔚蓝的天空。小厨师们站在下面的草地上，在芳香馥郁的豌豆花中，目瞪口呆，仰头眺望，一个个头上顶着白色的圆帽。

第五章　黑人和卷心菜

诸位读者，你们应该还记得，加斯帕博士的惊魂之夜是在踩钢丝的季布尔从壁炉里钻出来那一刻终了的。

他们两人天亮时在加斯帕博士的工作间里一起干了什么，不得而知。加尼梅德姨妈一直在为加斯帕博士着急，等着他回来，她累得疲惫不堪，睡得很香，还梦见了一只母鸡。

第二天，就是气球小贩飞进三胖宫和卫兵砍坏图季王子的洋娃娃那天，加尼梅德姨妈遇到了一件麻烦事。她让捕鼠笼里的一只老鼠跑掉了。这只老鼠前一天夜里偷吃了一磅果酱。此前，上周五夜里，它还打翻了一杯调料丁香。玻璃杯碎了，可不知怎么，调料却沾上了一股草药酒味儿。在大家心神不宁的昨天夜里，这只老鼠被逮着了。

一大早起来，加尼梅德姨妈就拎起捕鼠笼。老鼠若无其事般待在里面，好像已不是第一次被关进牢笼。它装模作样。

"下次别吃果酱了，不该吃的不能吃！"加尼梅德姨妈一边说着，一边把捕鼠笼放到显眼的地方。

加尼梅德姨妈穿上衣服，向加斯帕博士的工作间走去。她打算跟他说说这件高兴的事。昨天早上，加斯帕博士为老鼠偷吃果酱的事好一顿安慰她。

"老鼠喜欢果酱，因为果酱很酸。"他说。

这句话解除了加尼梅德姨妈的担忧。

"老鼠爱吃我的酸果酱……现在看看它爱不爱在我的捕鼠

嫉　妒

笼里待着。"

加尼梅德姨妈拎着捕鼠笼，走到加斯帕博士的工作间门口。

那是一大早，敞开的窗外绿意盎然。让气球小贩飞上天的大风还没刮起来呢。

加斯帕博士的屋里有响动。

"可怜的人！"加尼梅德姨妈想，"他怎么一直都没睡？"

她敲了敲门。

加斯帕博士说了句什么，她没听清。

门开了。

加斯帕博士站在门口。工作间里有一股木塞烧焦的味道，屋角坩埚里的红色火焰一闪一闪地正在熄灭。

显然，后半夜加斯帕博士一直在忙着做什么科学实验。

"早上好！"博士高兴地说。

加尼梅德姨妈高高举起捕鼠笼。老鼠大声抽着鼻子，左闻右闻。

"我抓到了那只老鼠！"

"哦！"博士非常满意，"给我看看！"

加尼梅德姨妈小步快走到窗旁。

"你瞧！"

加尼梅德姨妈把捕鼠笼递过去。突然，她看到了一个黑人。窗旁有个写着"小心！"字样的盒子，上面坐着一个漂亮的黑人。

黑人上身赤裸。

黑人穿着一条红色短裤。

黑人又黑又亮。

黑人抽着烟斗。

加尼梅德姨妈"啊"的一声大叫，响得好似把她劈成了两半的炸弹。她像陀螺一样转起圈来，双手张开，活像菜园里的稻草人。就在她笨手笨脚的时刻，不知怎么，老鼠笼的门闩当啷一声打开了，老鼠掉了出来，跑得无影无踪。

加尼梅德姨妈惊恐万分。

那黑人放声大笑，伸出一双光溜溜的长腿，他脚上的红鞋就像一对巨大的红辣椒。

烟斗在他牙齿间颤抖，像被暴风雨击打的树枝。博士的眼镜也一窜一窜地闪着亮光。他也在笑。

加尼梅德姨妈飞快地冲出房间。

"老鼠！"她大喊大叫，"老鼠！果酱！黑人！"

加斯帕博士急忙追上去。

"加尼梅德姨妈，"他安慰她道，"您别慌。我忘了事先把这个新实验告诉您。不过，您能猜到……我是个科学家，是精通各种学问的博士，还是能制造各种仪器的大师。我在做各种各样的实验。在我的工作间里，您不但能看到黑人，还能看到大象呢！加尼梅德姨妈……加尼梅德姨妈……黑人是黑人，煎蛋是煎蛋……我们等着吃早餐呢。我的黑人爱吃许许多多煎蛋……"

"老鼠爱吃酸的，"加尼梅德姨妈惊慌失措，低声说，"黑人又喜欢吃煎蛋……"

"对。煎蛋马上就要，老鼠夜里再说。夜里老鼠会被抓到的，加尼梅德姨妈。就算它逃出去，也没什么可吃的了，果酱都被它吃光了。"

加尼梅德姨妈一边哭，一边把眼泪当盐加到煎蛋里。眼泪苦得简直可以作胡椒粉用了。

"好，多加点胡椒，味道好极了！"黑人一边夸赞，一边津津有味地大口吞着煎蛋。

加尼梅德姨妈服了草药酒，不知怎么，药酒里带着一股调料味。也许是眼泪的作用吧。

接着，她从窗户里看到加斯帕博士穿过大街。他穿戴整齐：新围巾，新手杖，新鞋——这鞋尽管是旧的，可鞋跟完好又漂亮。

不过，同他一起走的还有那个黑人。

加尼梅德姨妈眯起眼睛，一下子坐到地上。确切地说，不是坐到了地上，是坐在了一只猫身上。猫吓得直叫。加尼梅德姨妈一怒之下把猫揍了一顿，一是因为它总在自己脚下打转，二是因为它不会及时抓到老鼠。

老鼠从加斯帕博士的工作间溜到加尼梅德姨妈的抽屉柜里，一边吃着杏仁蛋糕，一边美滋滋地想着果酱。

加斯帕博士住在林荫大街。从这条街左转，就是一条名叫寡妇利扎韦塔的小巷。从那里穿过一条街（这条街上因有棵遭雷击的橡树而出名），再走五分钟，就到第十四市场。

加斯帕博士和黑人向那边走去。起风了，那棵被雷劈坏的橡树像跷跷板似的嘎吱嘎吱直响。有个贴海报的人怎么也无法把海报贴上去。狂风从他手中拽下海报，糊到他脸上。远远看去，那人好像在用一张白纸巾擦脸。

最后他终于把海报贴到了围墙上。

加斯帕博士读了一遍：

> 公民们！公民们！公民们！
> 今天三胖政府举行全民盛大节庆活动。
> 快去第十四市场！快去！
> 那儿有各种表演，各种节目，还有戏剧！
> 快！

"瞧，"加斯帕博士说，"一清二楚。今天法场上要处决反财主和贪吃鬼政权的造反者。三胖政府的刽子手们要砍掉他们的头。三个胖子想欺骗百姓。他们害怕人们聚集到法场去砸掉断头台，杀死刽子手，解救被判处死刑的弟兄。所以，他们为百姓搞了这些娱乐活动，想转移人们的注意力，不让人留意今天的死刑。"

加斯帕博士和黑人一同来到市场。游艺场旁边，人们挨挨挤挤地拥在一起。在人群中，加斯帕博士没看到一个油头粉面的花花公子，没看到一个衣服上绣着金鱼和葡萄的贵妇人，也没看到一个坐镀金轿子的达官显贵，没看到一个腰缠万贯的商人。

这里都是来自郊区的贫穷百姓：有手工艺人、工匠、卖黑麦饼的小商贩、打零工的妇女、搬运工、老妇人、乞丐和残疾人。灰压压一片破烂不堪的旧衣服，只可见一星半点的绿色翻袖、五颜六色的斗篷或彩色丝带。

风吹散了老妇人毛毡一般乱蓬蓬的灰白头发，吹红了人们的眼睛，刮扯着乞丐褐色的破衣衫。

人们眉头紧锁，好像都有一种不祥的预感。

"法场上在行刑，"人们说，"我们的弟兄就要被砍头了，三个胖混蛋却重金收买了小丑，让他们在这儿戏弄我们。"

"我们去法场！"有人高呼。

"我们没有武器，也没有刀枪。法场那边里三层外三层重兵把守。"

"卫兵们还在替他们卖命。他们冲我们开枪。不过没关系！他们早晚会和我们一起反抗当权者。"

"昨晚在星星广场上就有个卫兵开枪打死了一个军官，救了季布尔。"

"季布尔在哪儿？他逃掉了吗？"

"不知道。卫兵们连夜放火烧了工人区，直到早上还烧着呢。他们想捉住他。"

加斯帕博士和黑人走进游艺场。演出还没开始。从涂得乌七八糟的帷幕和屏风后面传出说话声，叮叮当当的铃铛声，呜呜嘟嘟的笛声,有什么东西一会儿吱吱尖叫,一会儿簌簌作响,一会儿又嗷呜咆哮。演员们正在那儿为演出做准备。

幕拉开了一点,露出一张怪模怪样的脸。这是个西班牙人,说是神枪手。他的胡髭上扬,一只眼珠不停地乱转。

"喂,"他看见黑人就说,"你也来参加演出?给了你多少钱?"

黑人不作声。

"我拿了十个金币!"西班牙人夸口说。他把黑人当成了演员。"过来。"他一边低声说,一边神秘地做了个鬼脸。

黑人走上幕前。西班牙人给他讲了个秘密。原来,三个胖国王雇了一百个演员,让他们今天在各个市场上表演,他们必须千方百计使尽浑身本领来颂扬财主和贪吃鬼政权,还要咒骂造反的人——枪炮匠普洛斯彼罗和踩钢丝的季布尔。

"他们拼凑了全套人马:有变戏法的、耍马戏的,有小丑、演口技的,还有跳舞的……全都给了钱。"

"难道所有艺人都愿意吹捧三个胖国王吗?"加斯帕博士问。

西班牙人轻轻地低声道:"嘘!"他把一个手指压到嘴边。"这可不能大声议论。许多人不愿意吹捧,他们都被逮起来了。"

黑人在心里啐了一口。

这时响起了音乐声。游艺场的演出开始了。人群乱腾起来。

嫉　妒

"公民们！"小丑在木头舞台上扯开公鸡嗓子高叫起来，"公民们！请允许我向你们祝贺……"

他停了一下，等人群静下来。脸上的白粉掉了下来。

"公民们，请允许我向你们祝贺一件大喜事：今天我们亲爱的、无上美好的三胖国的刽子手们要砍下无耻暴徒的脑袋了……"

没等他说完，一个工匠就把没吃完的面饼朝他扔去，糊住了他的嘴。

"哞—哞—哞—哞—哞……"

小丑像头牛那样哞哞直叫，但无济于事。烤得半熟不熟的面团塞住了他的嘴巴。他挥舞双手，皱紧眉头。

"好！扔得好！"人群高喊起来。

小丑慌忙蹿到屏风后面去了。

"狗东西！他卖身投靠三个胖混蛋！为了几个脏钱，他胆敢辱骂为我们的自由献身的人！"

音乐奏得更响了。又加进了几支乐队：九支笛子、三支长号、三面土耳其鼓和一把提琴。那提琴的声音听起来让人牙根直疼。

游艺场的老板们竭力用这种音乐声盖住人群的高呼。

"也许我们的演员会被这种面饼吓坏的，"一个游艺场主说，"必须装出一副若无其事的样子。"

"请吧！请吧！演出开始……"

另一个游艺场叫"特洛伊木马"。

游艺场主从幕布后走出来,头上戴顶高筒绿呢礼帽,胸前是一排圆铜纽扣,两腮露出用力描画的美丽红晕。

"安静!"他那语调听起来像在说德语,"安静!我们的演出会让你们大开眼界。"

人群静了一些。

"为了今天这个喜庆的节日,我们专门请来了大力王拉皮图帕!"

"哒—叽—嘟—哒!"一只长号跟着奏了起来。

哗啷棒敲出鼓掌一般的声音。

"大力王拉皮图帕为你们表演他的惊天绝技……"

乐队轰的一声奏响。幕拉开了。大力王拉皮图帕走到台上。

的确,这个人高马大、身穿粉色紧身衣的彪形大汉看起来力大无比。

他呼哧呼哧喘着粗气,像公牛一样低下头。他皮肤下的肌肉活像蟒蛇吞下的兔子,鼓鼓的。

跑腿的拿来两只大铁锤,扔到台上。台上的木板差点被砸穿,震得尘土和木屑四处飞扬,轰隆声响遍整个市场。

大力王开始显露本领。他一手抓起一只铁锤,猛地向上一抛,再像抓皮球一样接住,接着使劲一抢,两只铁锤一砸……火星四溅。

"瞧!"他说,"三个胖国王就要这样砸碎普洛斯彼罗和季布尔的脑瓜门。"

这个大力王也是三个胖国王重金收买的。

"哈哈哈！"他的笑声震天响，对自己开的玩笑，他感到扬扬得意。

他知道没人胆敢朝他扔面饼。他的威力无人不晓。

寂静中，黑人的声音显得一清二楚，全场人都向他转过头去——

"你说什么？"黑人一只脚登上梯子问。

"我说，就这样脑门碰脑门，三个胖国王把普洛斯彼罗和季布尔的脑瓜砸成烂泥。"

"住口！"

黑人的语气平静，但铿锵有力。

"你是什么人，黑鬼？"大力王恼了。

他扔下铁锤，挺直身子，两手叉腰。

黑人登上台：

"就算你力大无比，可你的卑鄙无耻却超乎寻常。'你到底是什么人'，还是你自己来回答更好。是谁给你的权利，让你来侮辱百姓的？我认识你。你是铁匠的儿子。你父亲现在还在厂里干活。你姐姐叫埃莉，是个洗衣女工，给财主洗衣服。也许昨天她已经让卫兵打死了……可你却是个叛徒！"

大力王惊得连忙后退。黑人说的确实是真话。不过，大力王完全没有动容。

"滚开！"黑人大喝一声。

大力王回过神来，他满脸通红，青筋暴起，握紧了拳头。

"你没有权利命令我！"他费了好大劲才说出一句话来，"我不认识你。见你的鬼去吧！"

"滚开！我数到三。一！"

人群怔住了。黑人比拉皮图帕矮一头，又比他瘦三圈。不过，毫无疑问，如果打起来，黑人必胜，因为他是那么坚决、自信、义正词严。

"二！"

大力王把头缩了回去。

"见鬼！"他嘟哝着。

"三！"

大力王不见了。很多人眯起眼睛，等待一场激战，可他们一睁眼，大力王已没了踪影。他一溜烟钻到屏风后面去了。

"百姓会这样赶走三个胖混蛋！"黑人举起双手高兴地说。

人群欢呼雀跃。人们拍手叫好，把帽子抛向空中。

"人民万岁！"

"好！好！"

只有加斯帕博士不断摇头。他对什么感到不满，不得而知。

"他是谁？他是谁？这个黑人是谁？"观众都兴奋地问。

"他也是演员？"

"我们从没见过他！"

"你是谁？"

"你为什么替我们说话？"

"请让一下!请让一下!……"

一个衣衫褴褛的人从人群中挤出来。这就是昨晚跟卖花姑娘和车夫说话的那个乞丐。加斯帕博士认出了他。

"请让一下!"乞丐很着急,"难道你们看不出他们在骗我们吗?这个黑人和大力王拉皮图帕是一伙的。他也拿了那三个胖混蛋的钱。"

黑人攥紧了拳头。

兴高采烈的人们突然变得群情激愤。

"不用说!一个混蛋赶走了另一个混蛋。"

"他怕我们揍他的同伙,就耍弄我们。"

"滚开!"

"混蛋!"

"叛徒!"

加斯帕博士想说点什么来阻止人们,可为时已晚。只见有十几个人跑到台上,把黑人紧紧围在中间。

"揍他!"有个老妇人尖声叫道。

黑人从容不迫,把手向前一伸。

"等等!"

他的嗓音压过了所有喊叫声、喧闹声和口哨声。人群安静下来,寂静中响起黑人坚定的话语:

"我是季布尔。"

人们被弄得晕头转向。

团团围住他的那些人散开了。

"啊!"人群发出一声惊叹。

数百人瞬间便呆然不动了。

只有一个人愣愣地问了句:

"你怎么成了黑人?"

"这得去问加斯帕博士!"黑人笑着指了指加斯帕博士。

"当然是他。"

"季布尔!"

"乌拉!季布尔没死!季布尔还活着!季布尔跟我们在一起!"

"万……"

喊声突然停止。发生了一件意想不到的、不愉快的事。后边几排混乱起来。人们四散离去。

"安静!安静!"

"快跑!季布尔,快逃!"

广场上来了三个骑马的人和一辆轿式马车。

这是宫廷近卫队队长波拿文土拉上尉和两个护送卫兵。车里坐着一个宫廷官员,抱着图季王子那个破烂的娃娃。洋娃娃美丽的小脑袋悲伤地靠在官员的肩上,一头卷发梳得整整齐齐。

他们在找加斯帕博士。

"卫兵来了!"有人拼命叫喊。

有几个人迅速跳过围墙去。

黑马车停了下来。马头来回摇晃。马具闪闪发光,发出丁零当啷的响声。风把马头上的蓝色羽毛吹得飘来飘去。

骑马的人停在马车周围。

波拿文土拉上尉的嗓门高得吓人。如果说提琴声让人牙痛，那么他这嗓门给人感觉像是被打掉了牙。

他踩着马镫，欠起身子，问：

"加斯帕博士家在哪儿？"

他拉紧缰绳，手上戴着宽喇叭口的粗皮手套。

他问的那个老妇吓得像是五雷轰顶，慌忙中随手一指。

"在哪儿？"上尉又问了一遍。

现在他的嗓门大得已经让人觉得不是被打掉了一颗牙，而是打掉了全口的牙。

"我在这儿。谁找我？"

人们让出了一条道。加斯帕博士镇定自若地迈步向马车走去。

"你是加斯帕博士？"

"我就是加斯帕博士。"

车门打开了。

"请马上上车。送你回家，到时候你就知道是什么事了。"

仆从从车后踏板上跳下来，扶加斯帕博士上车。车门砰的一声关上了。

一队车马离去，卷起一片尘土。不一会儿便消失在街角后面。

无论是波拿文土拉上尉还是卫兵，都没有看到人群后面的季布尔。大概,即便他们看到黑人,也不会认出他就是昨晚他们追捕的那个人。

看起来危险已经过去了。但是突然间传来恶狠狠的叫骂声。

大力王拉皮图帕从包着细布的屏风后面探出头来,低声吆喝:

"等着瞧吧……等着瞧,我的朋友!"他举着大拳头威胁季布尔,"你等着,我现在就去追上卫兵,告诉他们,你在这儿!"

他边说边从屏风后面钻出来。

屏风经不住这个穿粉衣的庞然大物,像鸭子叫似的嘎嘎几声就塌了下来。

大力王从空隙里拔出腿,推开人群,拼命去追赶马车。

"停车!"他边跑边挥着两只光溜溜圆滚滚的胳膊大喊,"停车!季布尔找到了!季布尔在这儿!在我手里。"

瞬间大事不妙。一只眼珠嘀哩咕噜转的西班牙人也窜了出来。他腰插一把手枪,手握一支手枪。全场一片哗然。他在舞台上跳来跳去,高声叫嚷:

"公民们!必须把季布尔交给卫兵,要不然我们就完蛋了!公民们,我们可不能跟三胖陛下对着干啊!"

游艺场主也过来应和,毕竟气冲冲下台的大力王拉皮图帕就是这个场子的:

"他搅乱了我的演出!赶走了大力王拉皮图帕!我可不想

在三胖陛下面前替他说情!"

人群护住了季布尔。

大力王没有追上卫兵,又回到广场上。他拼命向季布尔奔去。西班牙人跳下舞台,抽出第二支手枪。游艺场主不知从哪儿弄到一个白纸圈——给马戏班里训练有素的狗跳来跳去的那种圈。他挥舞着纸圈,跟着西班牙人一瘸一拐地走下舞台。

西班牙人扣动扳机。

季布尔一看不好,赶紧快跑。人群向两旁闪开。转眼工夫,季布尔就已经不在广场上了。他翻过围墙,来到菜园。他从围墙的缝隙里向外看。只见大力王、西班牙人和游艺场主一起向菜园跑来。他们的样子很滑稽,季布尔不禁笑了起来。

大力王跑得像头发疯的大象,西班牙人活像只用后腿蹦跳的老鼠,游艺场主一瘸一拐的,像只受伤的乌鸦。

"我们要活捉你!"他们高叫,"投降吧!"

西班牙人气急败坏地把手枪扳机弄得咔嚓响。游艺场主摇晃着纸圈。

季布尔等着他们进攻。他站在松软的黑土地上,四周都是田垄。这里长满了卷心菜和甜菜,有的叶子卷曲,有的叶子竖起,有的叶子宽大,贴在地上。

满园的蔬菜随风而动。清澈湛蓝的天空中,阳光灿烂。

战斗开始了。

三个人向围墙逼近。

"你在这儿吧?"大力王问。

没人应声。

接着西班牙人说：

"投降吧！我一手一支枪，是顶级的'骗子父子'公司造的。我是天下最厉害的神枪手，明白吧？"

季布尔的射击技术并不出色，更不用说他连枪都没有，不过在他手下，或者更确切地说，是在他脚下，满地是卷心菜头。他弯腰拔起一棵又圆又重的，向围墙外猛扔过去。卷心菜头正好砸到游艺场主的肚子上。接着又飞出第二棵、第三棵……卷心菜头威力十足，像炸弹一样顿时开了花。

敌人失魂落魄。

季布尔俯身去拔第四棵菜，他抓住卷心菜圆圆的菜帮子，使劲拔着，可是——唉呀，卷心菜头愣是一动不动。不但如此，卷心菜竟还说起人话来：

"这不是卷心菜，是我的脑袋。我是卖气球的。我从三胖宫里逃出来，跑进了地道里。地道一头连着大锅，另一头通到这里，地道活像肚子里的肠子那么长……"

季布尔简直不敢相信自己的耳朵：卷心菜头竟说自己是人。

于是他弯下腰，仔细看了看这个"怪物"。他不得不相信自己的眼睛。踩钢丝人的眼睛是不会说谎的。

他眼前这个东西的确不是什么卷心菜。

这是气球小贩那张圆脸。和往常一样，这脸看起来像个茶壶，一只画有雏菊的细嘴茶壶。

嫉　妒

　　小贩从地下竖起头来，崩裂的泥土湿漉漉的，一团团散落开来，像个黑翻领一样围住了他的脖子。

　　"太棒了！"季布尔说。

　　小贩瞪圆眼睛看着他，眼睛里映出一片柔和的天空。

　　"我把我的气球给了做甜点的小厨师，他们就放我出来了……瞧，太巧了，正在飞的那个气球就是……"

　　季布尔抬头望了望，高高的蓝天上的确有只黄灿灿的小球。

　　那是小厨师们放走的一只气球。

　　那三个家伙正堆在围墙后面琢磨进攻计划，他们也看见了这只气球。西班牙人忘记了一切。他一蹦一丈高，转动着第二只眼珠，摆好了架势。他是个射击迷。

　　"看，"他高叫着，"在十座钟楼那么高的天上有只气球！我赌十个金币，我一定能打中。天下没有比我更厉害的射手了！"

　　没人愿意跟他打赌，不过，西班牙人还是兴致勃勃。大力王和游艺场主大为恼火。

　　"蠢货！"大力王咆哮起来，"蠢驴！现在不是打气球的时候。蠢驴！现在我们必须抓住季布尔！别浪费子弹。"

　　什么都无济于事。对于神枪手来说，气球是个非常诱人的目标。西班牙人闭上那只总不停歇的眼睛，开始瞄准。就在他瞄准的一瞬间，季布尔把气球小贩从地里拖了出来。那副样子真是太奇妙了！他的衣服上什么东西都有！奶油、糖浆、土块和软乎乎的小星星形状的蜜饯!

季布尔像拔瓶塞一样把气球小贩拽了出来,地上留下一个黑洞。泥土掉进洞里,听起来就像瓢泼大雨砸在马车车篷上一样。

西班牙人开了一枪。当然,没有击中气球。唉!反倒射中了自己老板的绿帽子,因为这顶帽子足有一座钟楼高。

季布尔跳过菜园对面的围墙,从那里逃了出来。

绿帽子掉到地上,像茶炊的烟筒那样滚了起来。西班牙人好不尴尬。神枪手的名声一败涂地。这还不算,老板也不再高看他了。

"唉!混蛋!"游艺场主气得发疯,一下子把纸圈罩在西班牙人的脑袋上。

纸圈咔嚓一声崩裂,西班牙人的头箍上了锯齿形的纸领。

只有大力王一人没事呆站着。但枪声惊动了附近的狗。一只狗飞奔过来,朝大力王扑去。

"救命,快逃!"大力王连忙大叫。

三个家伙落荒而逃。

这时只剩下气球小贩独自一人。他爬上围墙,四处张望。那三个狐朋狗友从绿土坡上滚了下去。大力王捂着被狗咬伤的胖腿,一只脚一蹦一跳地急着逃;游艺场主爬到树上,像只猫头鹰一样贴在上面;西班牙人的脑袋套在纸圈里,来回摇晃,他举枪打狗,可每次都射在菜园里的稻草人身上。

狗站在土坡上,看样子不想再进攻了。

嫉　妒

大力王小腿肉的味道让它心满意足，它摇着尾巴，得意扬扬地伸出血红发亮的舌头。

第六章　突发事件

"请去问加斯帕博士吧。"有人问季布尔怎么变成黑人时，他是这样回答的。

不过，不用问加斯帕博士，也可以猜到原因。我们回想一下：季布尔从战场上顺利脱身。想想看：卫兵四处搜捕，他们烧了工人区，在星星广场上开枪。季布尔到加斯帕博士家里避难。就算是在加斯帕博士家里，他也随时可能被抓住。危险时刻总是存在——因为认识他的人太多了。

每个小店主都站在三个胖国王一边，因为他们自己也都又胖又有钱。任何住在加斯帕博士隔壁的财主都会向卫兵告密，说加斯帕博士收留了季布尔。

"你要改头换面才行。"季布尔来到加斯帕博士家那天夜里，加斯帕博士对他说。

就这样，加斯帕博士把季布尔变成了另一个人。

加斯帕博士说：

"你真是个巨人。你胸肌发达，肩膀宽阔，牙齿白里透亮，一头卷发又黑又硬。如果你不是白皮肤，看起来就像个北美黑人。太好了！我能帮你变成黑人。"

加斯帕博士研究过一百种学问。他是个非常严肃的人，又心地善良，工作休息两不误，有时喜欢玩乐。不过，就是在休息的时候，他也还是个科学家。他做过很多图画送给孤儿院那些可怜的孩子，制造许多美妙的焰火、玩具和发出各种新奇声音的乐器，还调制新的颜料。

"瞧……"他对季布尔说，"你看，这个小瓶里的液体是没有颜色的，但是一抹到身上，在干燥空气的作用下，就会让身体变成黑色，而且黑里透紫，正好跟黑人那种肤色一样。另一个瓶里的药水能把这颜色去掉……"

季布尔脱下三角图案的彩色紧身衣，把全身涂上了带有一股刺鼻臭味的药水。

一小时后，他就变成了黑人。

这时，恰好加尼梅德姨妈提着捕鼠笼进来。后面发生的事情，我们已经都知道了。

我们再回到加斯帕博士这里。我们和他分手时，波拿文土拉上尉用宫廷官员坐的黑马车把他拉走了。

马车飞驰而去。我们已经得知，大力王没追上。

马车里黑得很。加斯帕博士上车后，本以为坐在他身旁的这个官员膝上抱着一个头发蓬乱的小女孩。

官员默不作声。小女孩也一样。

"对不起，我占的位子太大了吧？"加斯帕博士礼貌地稍微抬起帽子问。

那官员冷冷地回答：

"没关系。"

嫉　妒

阳光透过狭窄的车窗时隐时现。过了一会儿，眼睛就适应了黑暗。这时加斯帕博士才看清官员的长鼻子和半闭的眼皮，还有穿着漂亮衣服的美丽女孩。小女孩看起来很难过，脸色大概很苍白，不过昏暗中没法断定。

"可怜的孩子！"加斯帕博士想，"她一定是病了。"

于是，加斯帕博士又问这个官员：

"恐怕是要我来帮忙吧？这可怜的孩子是病了吗？"

"是的，是要您帮忙。"长鼻子官员回答。

"不用说，这准是三个胖国王的侄女，或许是图季王子的小客人。"博士琢磨着，"她打扮得漂漂亮亮，是从宫里出来的，还有近卫队上尉护送。显然，这一定是个非常重要的人物。没错。不过他们不让活的孩子接近图季王子，这个小天使是怎么进到宫里去的呢？"

加斯帕博士怎么也琢磨不明白。他又试着跟那个长鼻子官员搭起话来：

"请问，这个女孩得了什么病？是白喉？"

"不是，她胸口有个洞。"

"你是说她的肺不好？"

"她胸口有个洞。"官员又说了一遍。

加斯帕博士出于礼貌，没跟他争辩。

"可怜的孩子！"他叹了口气。

"这不是孩子，是个洋娃娃。"官员说。

这时，马车到了加斯帕博士家门口。

官员和波拿文土拉上尉抱着洋娃娃跟在加斯帕博士后面走进屋里。加斯帕博士把他们叫进工作间。

"既然是个洋娃娃,为啥还找我帮忙?"

于是,官员说出了事情的原委,加斯帕博士这才把一切搞清楚。

加尼梅德姨妈早上受了惊吓后,心神还没安定下来。她往门缝里望了望,看到了波拿文土拉上尉可怕的样子。他手握马刀站在那里,脚蹬翻口大皮靴,马刺大得活像扫帚星,一只脚不停地抖动。加尼梅德姨妈还看见一个生病的女孩,她穿着一件漂亮的粉红色连衣裙,面容悲伤,官员把她放到了沙发椅上。女孩低下头,头发蓬乱,好像在看自己那双可爱的小脚,她脚上穿着光滑的缎面鞋,鞋上饰有金玫瑰,而不是绒球。

一阵大风吹过阳台上的百叶窗,噼啪直响,弄得加尼梅德姨妈听不清他们说话。

不过,她还是听懂了一些。

官员给加斯帕博士看了三胖内阁的命令。加斯帕博士看完后,不觉慌了神儿。

"洋娃娃必须在明天早上前修好。"官员站起身说。

波拿文土拉上尉叮当一声碰了下马刺。

"是……不过……"加斯帕博士两手一摊,"我全力以赴,不过不能保证。我不熟悉这个怪娃娃的机关,得研究研究,确定什么地方坏了,再装新的零件。这得花很多时间。或许我的手艺还不行……恐怕我修不好这个浑身是伤的洋娃娃……我担心,先生们……这么短的时间……只有一个晚上……我不敢保证……"

官员打断了他的话,举起一根手指说:

"图季王子难过至极,我们不能再拖了。洋娃娃必须在明天早上活过来。这是三胖陛下的命令。谁都不能违抗他们的旨意。明天早上你必须把完好的洋娃娃送到三胖宫去。"

"是……不过……"加斯帕博士想辩解。

"少啰唆!洋娃娃必须在明早前修好。修好有赏,否则严惩不贷。"

加斯帕博士不禁心头一震。

"我全力以赴,"他吞吞吐吐地说,"不过你明白,这件事非同小可。"

"那还用说!"官员断然决然地说,他放下手指,"我向你传达了命令,你必须服从。再见!……"

加尼梅德姨妈随即从门边往后一闪,跑回自己的房间。那只幸运的老鼠在屋角咯吱作响。这些气势汹汹的客人走了出去,官员坐上马车,波拿文土拉上尉军装闪耀,马刀锃亮,飞身跳到马上;卫兵把帽子拉紧,一路人马绝尘而去。

图季王子的洋娃娃被留在加斯帕博士的工作间里。

加斯帕博士送走来人,找到加尼梅德姨妈,用格外严厉的语气对她说:

"加尼梅德姨妈!您记住,我是懂事理的人,很爱惜名誉,我是博士,也是经验丰富的能工巧匠,不过,我也珍惜自己的脑袋。明天早上，我就要失去名誉和脑袋了。今天整整一夜，我要完成一项艰巨的任务。懂吗？"他挥了挥三胖内阁的命令，"谁也不许打扰我！别吵闹。别弄得盘子叮当响。别弄得烟熏火燎。别叫唤母鸡。别捉老鼠。别煎什么鸡蛋，别做什么菜花、果酱和药酒！懂吗？"

加斯帕博士非常恼火。

加尼梅德姨妈锁上房门，把自己关在屋里。

"怪事，真是怪事！"她小声嘀咕着，"我真是搞不懂……什么黑人，什么洋娃娃，什么命令……这几天真是怪得很！"

为了平心静气，她决定给侄女写封信。她写得小心翼翼，生怕把笔尖弄得吱吱响，惊动了加斯帕博士。

一个小时过去了，加尼梅德姨妈还在写信。她写到今天早上加斯帕博士的工作间里突然冒出了一个奇怪的黑人。

"……他们俩一起走了。博士回家时后面跟着一个官员和几个卫兵。他们带来了一个洋娃娃，跟真的女孩一模一样。不过黑人没和他们一起回来。他去哪儿了，我不知道……"

黑人，也就是马戏演员季布尔去哪儿了，加斯帕博士也非常担心。他一边修洋娃娃，一边惦记季布尔的下落。他特别恼火，自言自语道：

"太粗心大意了！我把他变成了黑人，给他涂上了奇妙的颜色，让他变得谁都认不出来，今天在第十四市场他却自我暴露了！他们会抓住他的……唉！他太大意了！难道他想被关进铁笼吗？"

嫉　妒

　　加斯帕博士非常沮丧。先是因为季布尔的粗心大意，随后又送来这么个洋娃娃……还有昨天的惊魂未定，今天法场上的十个断头台……

　　"多么可怕的日子！"加斯帕博士叹了口气。

　　他不知道今天的行刑取消了。刚才来的官员没告诉他今天宫里发生了什么事。

　　加斯帕博士仔细望着可怜的洋娃娃，感觉摸不着头脑：

　　"这些伤口是怎么来的？是刀伤——看样子是马刀。这个洋娃娃，这么漂亮的小姑娘，给刺成这样……这是谁干的？谁敢用马刀刺图季王子的洋娃娃？"

　　加斯帕博士没料到是卫兵干的。他怎么也想不到，连宫廷近卫队也拒绝为三个胖国王效力，站到了人民一边。要是他知道这些，会有多么高兴啊！

　　加斯帕博士托起洋娃娃的小脑袋。阳光跳进窗户，把洋娃娃映得亮闪闪的。加斯帕博士不住地看着。

　　"奇怪，太奇怪了，"他心里想，"这张脸我一定在哪儿见过……嗯，对，一定见过。我见过，我认识。不过，在哪儿见过？什么时候见过？这张活灵活现的脸，像真的小姑娘，会笑，会做鬼脸，会目不转睛，会撒娇，会忧伤……对，对！毫无疑问！可是，该死的近视眼总让我记不住人脸。"

　　他把洋娃娃那一头卷发的小脑袋举到眼前。

　　"这娃娃太奇妙了！制作它的工匠真是技艺高超！它不像个普通娃娃。洋娃娃一般都瞪着双蓝眼睛，不像真人，面无表情，撅鼻子，翘嘴唇，死板的金色卷发活像羊羔毛。一般洋娃娃看起来惹人喜爱，可实际上蠢极了……这个洋娃娃可一点也没有洋娃娃的样子。我保证她是真的小姑娘变来的！"

加斯帕博士欣赏着这个非同寻常的小病人，脑海里始终离不开一个念头：在什么地方、什么时候，他见过这张苍白的小脸、聚精会神的灰眼睛和蓬乱的短发？他特别熟悉那转向一侧的头和眼神：她把头微微歪向一边，仰头望着博士，那么专注，那么调皮……

加斯帕博士忍不住大声问：

"洋娃娃，你叫什么名字？"

可洋娃娃一声不响，加斯帕博士这才如梦初醒——洋娃娃受了重伤；需要恢复她的嗓音，修复她的心脏，重新教会她笑、跳舞，让她举手投足都像同龄的小女孩一样。

"她看起来有十二岁。"他想。

事不宜迟。加斯帕博士开始着手修理。"我必须让洋娃娃活过来！"

加尼梅德姨妈写完了信，她一人憋在屋里已经两个小时。现在她心里满是好奇："加斯帕博士到底在急着干什么？洋娃娃怎么了？"

她悄悄走到加斯帕博士的工作间门口，往心形锁孔里望了一眼。唉呀！锁孔里插着一把钥匙，她什么也看不见。不过，这时门开了，加斯帕博士走了出来。他心烦意乱，竟没有责备加尼梅德姨妈的唐突。可对加尼梅德姨妈来说，即便不受指责,也已经够尴尬的了。

"加尼梅德姨妈,"加斯帕博士说,"我要出去一趟。确切地说,我得坐车出去一趟。请叫辆马车来。"

他停了一下,接着用手掌擦了擦额头。

"我要去三胖宫。很可能回不来了。"

加尼梅德姨妈吃了一惊,向后退了一步:

"三胖宫?"

"是啊,加尼梅德姨妈。大事不妙,给我送来一个图季王子的洋娃娃。这是世界上最好的娃娃。她的机关坏了。三胖内阁命令我明天早上前修好,不然就严惩……"

加尼梅德姨妈眼看就要哭了。

"可是我修不好这个可怜的洋娃娃。我拆开了她胸口里的机关,搞清了其中的奥秘。我本来可以修好它,但是……这个小东西!因为这个小东西,加尼梅德姨妈,我修不好洋娃娃了。这个巧妙的机关里有个齿轮,它裂了……什么用都没有了!得做个新的……我有合适的材料,是像银子一样的金属……但是在做之前,必须把它放在硫酸盐溶液里泡至少两天。你明白吧?要两天……可是洋娃娃必须明天早上前修好。"

"不能换成什么别的齿轮吗?"加尼梅德姨妈怯生生地问。

加斯帕博士难过地摇了下手:

"我都试过了,什么都没用。"

五分钟后,一辆带篷的四轮马车停在加斯帕博士家门口。

加斯帕博士决定去三胖宫一趟。

"我去告诉他们，明天早上洋娃娃不可能修好。他们想拿我怎么办就怎么办吧……"

加尼梅德姨妈一直咬着围裙，摇着头，直到害怕头会掉下来才停止。

加斯帕博士把娃娃放在身边坐好，就乘车走了。

第七章　黑夜里奇怪的洋娃娃

风从加斯帕博士的耳边呼啸而过，那声音比一个卖力的刀匠磨刀时砂轮和刀的二重奏——黑人跳的加洛普舞曲还要刺耳。

加斯帕博士用衣领捂住耳朵，背对着风。

风在戏弄满天的星云。它一会儿把星星吹灭，一会儿把星星卷走，一会儿吹得满天黑云。等到它玩腻了，乌云像是天塌一般往地面上沉。狂风骤起，瞬间就冷了下来。

加斯帕博士只好把头埋在斗篷里，又把一半斗篷遮到洋娃娃身上。

"快点！快点！请快点！"

加斯帕博士突然间感到莫名的恐惧，急忙催促马车夫。

四周一片漆黑，空旷又荒凉，让人心神不安。只有几扇窗户里映出点点红色灯光，其余都合上了护窗板。人们都有一种不祥的预感。

这天晚上，许多事都显得非同寻常又离奇古怪。有时加斯帕博士竟有些提心吊胆，他觉得这个奇怪的洋娃娃的眼睛说不定会在黑暗中发亮，像两颗剔透的宝石。他尽量不去看她。

"异想天开！"他自我安慰道，"我神经过度紧张了。这是最平常不过的一个夜晚。只是路人不多。只是风把他们的影子吹得太怪了，每个迎面而来的人都好像披着带翅膀的神秘斗篷，都像是被雇来的杀手……只是十字路口的煤气灯射出一种阴森森的蓝光……唉！要是能快点到三胖宫就好了……"

世上有一种医治恐惧的良药——睡眠。特别值得推荐的是把头蒙在被子里睡觉。加斯帕博士就这么做了。他用帽子代替被子，把帽子紧紧拉到眉边。当然，他也开始从一数到一百。可是没用。于是，他用了一种更有效的办法，心里不停地默念：

"一只象加一只象是两只象；两只象加一只象是三只象；三只象加一只象是四只象……"

他一直数到一群大象。数到一百二十三只象的时候，脑子里想象的象居然变成了真的大象。加斯帕博士搞不清这是真的大象，还是穿粉衣的大力王拉皮图帕。显然，加斯帕博士睡着了，正在做梦呢。

梦里的时间过得比醒的时候快得多。总之，加斯帕博士在梦中不仅去了三胖宫，而且还出了庭，受了审。三个胖国王站在他面前，握着洋娃娃的手，就像吉卜赛人抱着穿蓝裙子的猴子一样。

他们不想听任何解释。

"你没有完成命令，"他们说，"你必须受到严惩。你必须带着洋娃娃在星星广场的钢丝上走一趟，而且必须摘下眼镜……"

加斯帕博士请求宽恕，他主要是替洋娃娃的性命担忧……他说：

"我已经摔惯了，我已经学会了摔跤……即使我从钢丝上摔下来，掉到水池里，那也没什么。我有过这种经历：在城门口的广场上，我跟塔楼一起摔下来过……可是，洋娃娃，可怜的洋娃娃！它会摔得粉身碎骨……可怜可怜它吧……我肯定她不是洋娃娃，她是个活生生的小女孩，名字很可爱，只不过我忘了，想不起来了……"

"不！"三个胖国王大声尖叫，"不！决不饶恕！这是我们的命令！"

他们的叫声那么狠厉，竟把加斯帕博士给惊醒了。

"这是三胖陛下的命令！"有人在他耳边大声吆喝。

这下加斯帕博士睡不了了。这是真的有人在叫喊。加斯帕博士挪开盖在眼睛上的帽子，确切地说，拿走眼镜上的帽子，四处张望。在他睡着的时候，夜色越来越浓了。

马车停下来。周围都是黑魆魆的人影——他们高声叫嚷着，正是他们的喊声飞进了加斯帕博士的梦里。他们摇着手里的灯，这样，灯光照出的人影好像在来回飞舞。

"怎么回事？"加斯帕博士问道，"我们这是在哪儿？这都是些什么人？"

嫉　妒

　　一个人影走过来,把灯举到头顶,照亮了加斯帕博士。灯晃来晃去。握着灯环的手上戴着一只宽口粗皮手套。

　　加斯帕博士明白了,这是卫兵。

　　"这是三胖陛下的命令!"这人影又说了一遍。

　　黄色的灯光把人影断成几个部分,他的漆布帽子闪着寒光,黑夜里好像一顶铁帽子。

　　"任何人都不许靠近三胖宫方圆一公里以内的地方。这是今天发布的命令。城里有暴乱。不准通行!"

　　"是啊,不过,我必须到三胖宫去一趟。"

　　加斯帕博士十分焦急。

　　卫兵斩钉截铁地说:

　　"我是卫队队长采列普上尉。我一步都不会放你们过去!快掉头!"他把手里的灯一挥,冲车夫嚷道。

　　加斯帕博士不太高兴。不过,他相信,他们如果知道他是什么人,为什么要来三胖宫,会马上给他放行的。

　　"我是加斯帕博士。"他说。

　　回应他的是一阵哄堂大笑。四周的马灯像跳舞一般摇来摇去。

　　"先生,在这种人心惶惶的时候,天色又这么晚了,我们可开不得玩笑。"卫队队长说。

　　"我再跟您说一遍:我是加斯帕博士。"

　　卫队队长勃然大怒。他慢慢地、一字一句地回答,每说一个词,马刀随着当的一响:

"你想混进三胖宫,所以就冒名顶替。加斯帕博士夜里不会出来闲逛。尤其是今晚。现在他正忙一件顶顶重要的事情:他要修复图季王子的洋娃娃。明天早上他才会来宫里。你这个骗子,我要逮捕你!"

"什么?"加斯帕博士已经怒不可遏。

"什么?!他敢不相信我?好。我现在就把洋娃娃拿给他看!"

加斯帕博士伸手去拿娃娃,突然发现——

洋娃娃不见了。他睡着时,洋娃娃从车上掉下去了。

加斯帕博士吓得浑身打战。

"也许是在做梦吧?"这个念头在他的脑海里一闪而过。

啊!这是千真万确的。

"得了!"卫队队长咬牙切齿地嚷了一声,"滚吧!我放你走,不跟你这个小老头啰唆了……滚!"

加斯帕博士不得不听命。车夫掉转车头,马车吱吱嘎嘎直响,马打着响鼻,铁马灯最后又闪了一下,可怜的加斯帕博士返回去了。

他忍不住哭了起来。他们跟他说话竟然那么无礼,叫他小老头;最重要的是,他把图季王子的洋娃娃弄丢了!

"这就等于我弄丢了自己的脑袋。"

他不住地哭着,眼镜上挂着泪水,什么也看不清。他真想把头埋在枕头里。此刻,车夫正赶马快跑。加斯帕博士闷闷不乐,呆呆地愣了一会儿。不过很快,他便恢复了理智。

嫉　妒

"我还能找到洋娃娃,"他想,"今晚路人不多,这片地方一向人烟稀少,没准这段时间里还没有人经过……"

他吩咐车夫缓步慢行,仔细查看路面。

"有吗？……有吗？"他一刻不停地问。

"什么也看不见。什么也看不见。"车夫回答。

车夫向他报告的都是找到的一些没用的东西：

"有个小桶。"

"不是……不是这个……"

"一块不错的大玻璃。"

"不是。"

"一只破鞋。"

"不是。"加斯帕博士回应的声音越来越弱。

车夫使尽全力,瞪大眼睛找寻。黑暗中他的眼力极好,简直不像车夫,像是远洋轮船的船长。

"洋娃娃……你没看见？穿粉红色连衣裙的洋娃娃。"

"没有洋娃娃。"车夫有些难过地低声说。

"这么说,它被人捡走了。再找也没意义了……就是在这儿,在这一带地方我睡着了……那时她还坐在我旁边……唉！"

加斯帕博士又快哭了。

车夫很同情他,抽了几下鼻子。

"那怎么办？"

"唉,我真不知道……唉,我真不知道……"加斯帕博士坐在车里，低下头，双手捂着脸。因为伤心和马车的颠簸，他的身子也跟着来回摇晃。"我知道，"他说，"嗯，当然……嗯，当然……我怎么从来就没想到！这个娃娃，她是跑掉了……趁我睡着她跑了。明摆着的事，她是活的。我一下就看出来了。不过，在三胖面前，这并不能减轻我的罪过……"

这时他突然想吃东西。他停顿了一会儿，接着一本正经地说：

"我今天还没吃午饭！拉我到最近的饭馆去吧。"

饥饿使加斯帕博士平静下来。

马车在漆黑的街上走了很长一段路。所有饭馆都大门紧闭。这天夜里，所有大胖子都胆战心惊。

他们装了新门闩，拿大大小小的箱柜堵上大门，用羽毛被和花格枕头遮住窗户。他们都不敢睡觉。这天夜晚，小胖子和小财主们也都害怕受到袭击。他们一早就没给看家狗喂食，好让它们守夜更机警、更凶猛。对财主和胖子来说，这是一个恐怖的夜晚。他们相信，百姓随时会起来造反。据说，有几个卫兵起义，刺坏了图季王子的洋娃娃，离开了宫廷。这个消息传遍了全城。财主和贪吃鬼们个个惊慌失措。

"见鬼！"他们气急败坏地说，"我们已经不能指望卫兵了。昨天他们刚把百姓的叛乱镇压下去，今天就要把大炮瞄准我们的房子。"

加斯帕博士已经彻底绝望了。他没法垫补垫补，休息一下。到处空荡荡的，一个人也没有。

嫉　妒

"难道这就回去了？"他难过地说，"可那也太远了……我要饿死了……"

突然，他闻到一股烤肉味。对，很香的烤肉味，大概是葱烤羊肉。就在这时，车夫看到不远处有灯光。一小束光影在风中晃来晃去。

"这是什么？"

"要是个饭馆多好啊！"加斯帕博士欣喜若狂地大喊起来。

马车疾驰过去。

原来，根本不是什么饭馆。

在几栋小房子一旁的空地上，有个搭在四只车轮上的房子。

那一小束光原来是从这所房子的门缝里漏出来的。

车夫下车去打探。加斯帕博士忘了他那倒霉的事，沉醉在烤肉的香味中。他的鼻子一抽一抽地嗅着，发出呼哧呼哧的响声。他还眯起了眼睛。

"首先，我怕狗！"黑暗中，车夫喊道，"再说，这还有很多台阶……"

一切都很顺利。车夫登上台阶，敲了敲门。

"谁啊？"

一小束光变成宽敞明亮的四方形。门开了。门口站着一个人。四周黑魆魆、空荡荡的，在通亮的背景下，这人就像是用黑纸剪出来的。

车夫替加斯帕博士回答：

"是加斯帕博士。你们是什么人？这个带轮子的房子是谁的？"

"这是布里扎克叔叔的马戏班。"门口这个像中国皮影戏里的人回答。不知怎么他又惊又喜，还挥起双手。"请进，先生们，请进！我们很高兴加斯帕博士来拜访布里扎克叔叔的马戏班。"

多么圆满的结局！夜里的游荡终于算到头了！布里扎克叔叔万岁！

加斯帕博士、车夫和马都有了安身之处，找到了吃饭和休息的地方。四轮房子里的人非常好客。里面住的是布里扎克叔叔游走四方的马戏班。

谁没听说过这个名字！谁不知道布里扎克叔叔的马戏班！一年四季，每逢节日和市集，他们都在市场上演出。他们都是技艺高超的演员！他们的表演特别引人注目。最重要的是，踩钢丝的季布尔常在这个马戏班里演出。

我们已经知道，他是全国最有名的踩钢丝演员。

我们在星星广场已经亲眼见证过他的绝技，在恐怖的深渊上面，在卫兵的枪林弹雨中，他竟走过了钢绳。

当季布尔在市场上表演时，大人孩子都使劲给他鼓掌，都快鼓出茧子了！拼命给他鼓掌的有小店主、要饭的老妇人、中学生、士兵和许许多多人……不过，现在那些小店主和油头粉面的花花公子们对自己过去那种兴奋劲感到后悔："我们给他鼓掌，他反倒跟我们作对！"

嫉　妒

现在，布里扎克叔叔的马戏班变得冷冷清清——踩钢丝的季布尔走了。

加斯帕博士对季布尔的事只字未提，也没说起图季王子的洋娃娃。

加斯帕博士在这四轮房子马戏班里看到了什么？

他们让他坐在一个绘有很多红三角和金丝网的土耳其大鼓上。

这座轿厢式的房子里有几间粗麻布屏风隔开的屋子。

这时已经夜深人静。马戏班的人都睡了。那个像中国皮影戏里人影般的开门人不是别人，是一个年岁很大的小丑演员。他叫奥古斯特，今晚由他值夜。加斯帕博士的马车驶近时，他正准备晚餐，的确做的是葱烤羊肉。

加斯帕博士坐在鼓上，仔细环顾这间屋子。箱子上点着一盏煤油灯。墙上挂着很多包着白、粉卷烟纸的套圈，金属把手的条纹长鞭，还有很多服装，上面镶着小金圈，缀满花朵、星星和五颜六色的小饰物。假面具从墙上瞪大眼睛往下看：有的面具头上支出两个角；有的面具鼻子像土耳其人的鞋；还有的面具嘴巴大张，一直扯到两只耳朵。有个面具带一双大得出奇的耳朵。最滑稽的是，这是人的耳朵，却大得离奇。

角落里放着一个笼子，里面有一只说不出名字的小野兽。

墙边有张长木桌。墙上挂着十块小镜子。每块镜子旁边都竖起一支蜡烛，蜡烛用烛油粘在桌子上，没有燃着。

桌上摆着很多小盒子、画笔、颜料、粉扑和假发。红色的粉饼上沾着各种颜色的干硬的水渍。

"我们今天是在卫兵身边跑掉的，"小丑开了口，"您知道，踩钢丝的季布尔是我们的演员。卫兵想抓我们：他们以为我们把他藏了起来。"上了年纪的小丑看起来很伤心。"我们自己都不知道季布尔在哪儿，没准是被打死了，也许被关进铁笼子里了。"

小丑连连叹气，摇了摇花白的头。笼子里的小野兽瞪着一双猫一般的眼睛望着加斯帕博士。

"可惜，您来得太晚了。"小丑说，"我们非常敬爱您。您会安慰我们的。我们知道您是穷人的朋友，百姓的朋友。有件事您还记得吗？我们在牛肝市场演出过。那是去年春天的事。我的小姑娘唱了一首歌……"

"对啊，对啊……"加斯帕博士想起来了。他突然有一种莫名其妙的、不安的感觉。

"记得吗？您当时在市场上看我们表演。我的小姑娘唱的歌是一个馅饼宁愿在炉子里烧掉，也不愿进到大胖贵族的肚子里去……"

"是啊，是啊……记得……后来呢？"

"有个贵妇人，一个老太婆，听了很生气，命令自己那些大鼻子奴才揪我小姑娘的耳朵。"

"是，我记得。我出来阻止，赶走了那些奴才。那个妇人认出了我，感到很难为情。是吧？"

"对。后来您走了，我的小姑娘说，要是被那老太婆的奴

嫉　妒

才扯了耳朵，她就没法再活了……您救了她。她永远忘不了这件事！"

"小姑娘现在在哪儿？"加斯帕博士焦急地问。

于是，小丑走到粗麻布屏风前，唤了一声。

他叫了个奇怪的名字，只有两个音，却像打开了一个难启的小圆木盒：

"苏克！"

过了几秒钟，有扇粗麻布屏风被拉开了，一个小姑娘探出头来。她一头蓬乱的卷发，睁着灰色的大眼睛，仰头望着加斯帕博士，目光专注又调皮。

加斯帕博士抬眼一看，一下子呆住了：这不是图季王子的洋娃娃吗？！

— 第三部 苏克 —

第八章 一个难演的角色

对,就是她!

见鬼,她是从哪儿来的?是奇迹?哪里会有什么奇迹!加斯帕博士很清楚,奇迹是不存在的。他断定自己受骗了。洋娃娃原来是活的,他不留神在车上睡着的时候,她像个顽皮的孩子一样跑掉了。

"没什么好笑的!你怎么笑来讨好我都没用,我饶不了你。"他阴沉着脸说,"你看,命运惩罚了你。没想到碰巧在这儿找到了你。"

洋娃娃的眼睛瞪得又大又圆,接着像小兔子一样眨着眼,惊慌失措地向小丑奥古斯特看了看。奥古斯特叹了口气。

"你是谁，快说！"

加斯帕博士尽可能语气严厉。但洋娃娃那么可爱，很难跟她生气。

"您看，"她说，"您把我忘了。我是苏克。"

"苏——克——"加斯帕博士重复了一遍，"你不是图季王子的洋娃娃吗？"

"什么洋娃娃！我只是个普通的女孩……"

"什么？……你装假！"

洋娃娃从屏风后面走出来。灯光把她照得亮闪闪的。她笑盈盈地歪着头，蓬乱的卷发跟小灰麻雀羽毛的颜色一样。

笼子里毛茸茸的小动物一动不动地望着她。

加斯帕博士大感不解。过一会儿读者便会知晓全部谜底，不过现在我们想先告知读者一件非常重要的事，这正是加斯帕博士没有留意到的。一个人激动时常常会忽略那些近在眼前的事情。

这就是：现在在马戏班里的"洋娃娃"，样子完全不同了。

她那双快乐的灰眼睛明亮又闪烁。现在的她看起来很认真、很专注，但没有一丝忧伤的神色。相反，你们可能会说，这个顽皮的女孩在故作严肃呢！

还有，她原来那件漂亮的连衣裙、一身粉红的绸衫，金色的玫瑰、花边、亮晶晶的金属片，那仙女般的装束，都去哪儿了？任何一个女孩做这种装扮，即便不像公主，也至少像新年枞树上的玩具娃娃。可现在，你们想想，这个娃娃的衣着太朴素了。她身上穿一件蓝色海军领衫，光着脚，一双白鞋旧得成了灰色。不过，不要以为"洋娃娃"穿上这种普通的衣服就不好看了，相反，这衣服正合身。常有这样一些脏乎乎的孩子：乍一看让人不屑一顾，不过，仔细瞧就会发现比公主还可爱。何况公主有时会变成青蛙，或者相反，青蛙也可以变成公主。[1]

但最重要的是——你们记得吧——图季王子洋娃娃的胸口有几个吓人的黑洞，可现在它们都不见了。

这是个健康的、快乐的"洋娃娃"！

但加斯帕博士什么也没注意到。也许他马上就会弄明白，但恰在此刻有人敲门，事情便越发理不清了。一个黑人走进马戏班的屋子里。

"洋娃娃"尖叫起来。笼子里的小动物像猫那样哼哧了一声，虽然并不是猫，而是一种比猫更高级的动物。

我们已经知道这黑人是谁。加斯帕博士自然也知道，因为就是他把季布尔变成了一个黑人。不过，其他人都不知道这个秘密。

这时，屋里一阵慌乱。黑人的举动让人大惊失色。他抱起"洋娃娃"，把她举到空中，亲吻她的脸颊和鼻子。可"洋娃娃"的鼻子和脸颊不停地来回躲闪，那个黑人在吻她时就像在咬一个挂在绳子上的苹果。老奥古斯特闭上眼睛，吓得失魂落魄。他摇摇晃晃，活像一个正在做处罚决断的中国皇帝：给罪犯砍

---

[1]《青蛙公主》为俄罗斯民间童话故事。——译者注

嫉　妒

头，还是给他吃不加糖的活老鼠？

"洋娃娃"的脚上掉下一只鞋，正好砸到灯上。煤油灯被打翻了，火熄灭了。一片漆黑。真是恐怖至极。这时，大家看到天亮了。门缝里漏进光来。

"天亮了，"加斯帕博士说，"我必须带图季王子的洋娃娃去三胖宫了。"

黑人推开门。微弱的光从外面射进来。小丑还是闭着眼睛呆坐在那儿。"洋娃娃"藏到屏风后面去了。

加斯帕博士急忙把事情原委告诉季布尔。他讲了图季王子洋娃娃的来龙去脉，讲了洋娃娃是怎么不见的，现在又是怎么恰好在马戏班里被"找到"的。

"洋娃娃"在屏风后面侧耳细听，却什么也没听明白。

"他叫他季布尔！"她很惊讶，"他是哪个季布尔？这是个可怕的黑人！季布尔又好看又白，不是黑的……"

这时，她露出一只眼睛向外张望。黑人从红裤子口袋里掏出一个小圆瓶，一掀瓶塞，瓶口像麻雀叫那样啾的一声开了。黑人开始把瓶里的什么水往自己身上抹。几秒钟后，奇迹出现了。黑人变得又白又好看，再也不黑了。毫无疑问，这是季布尔！

"乌拉！""洋娃娃"欢呼着从屏风后面飞奔出来，直接扑到季布尔的脖子上。

小丑什么也没看见，以为祸从天降，吓得从坐的地方摔了下来，在地上一动不动。季布尔拽住他的裤子把他拉了起来。

此刻"洋娃娃"迫不及待地热烈亲吻着季布尔。

"太棒了!"她激动得气喘吁吁,"你怎么那么黑?我都认不出你了……"

"苏克!"季布尔严厉地说。

她立刻从他宽厚的前胸上跳下来,在他面前立正站好,像一名出色的小锡兵[1]。

"什么事?"她像个中学生那样问。

季布尔把手搭在她蓬乱的头上。她抬起一双幸福快乐的灰眼睛望着他。

"你听到加斯帕博士说的话了?"

"听到了。他说三个胖国王要他把图季王子的洋娃娃救过来,还说那个娃娃从他车上溜走了。他说我就是那个娃娃。"

"他搞错了。"季布尔说,"加斯帕博士,她不是洋娃娃,我敢向您保证。她是我的小朋友,是真的小姑娘,舞蹈演员苏克。她是马戏班里忠实可靠的小伙伴。"

"真的!""洋娃娃"高兴极了,"我还不止一次跟你一起踩过钢丝呢。"

季布尔把她称作忠实可靠的伙伴,她感到喜出望外。

"亲爱的!"她悄声说,把脸凑到他的手上蹭了蹭。

"什么?"加斯帕博士问,"难道她是真人?你说她是苏

---

[1] 锡兵(Tin soldier)是一种流行于19世纪的金属玩偶。《坚定的锡兵》是丹麦作家安徒生创作的一个童话故事。该作描述了一个内心坚定的单腿小锡兵的故事。锡兵的原身是一把旧的锡汤勺,一把汤勺被铸成了25个小锡兵,其中一个因为锡料不够,所以只有一条腿,它就是"坚定的锡兵"。——译者注

克……对！对！真是！我现在才看明白。我想起来了……我见过这女孩一次。是的，是的，贵族老太婆的奴才要教训她，是我把她救下的。"这时加斯帕博士激动得拍了一下手。"哈哈哈！对，千真万确。怪不得我觉得图季王子洋娃娃的小脸那么熟悉呢，她们简直太像了。正如科学上常说的，真是个奇迹。"

一切真相大白，大家又惊又喜。

天变得越来越亮。后院的公鸡叫了。这时加斯帕博士又变得没精打采：

"是的，一切都好极了。不过，也就是说，我没有图季王子的洋娃娃了。也就是说，我真把她弄丢了……"

"也就是说，您找到她了。"季布尔紧紧地抱住苏克说。

"什么？"

"是这样……你明白我的意思吗，苏克？"

"好像明白。"苏克小声回答。

"嗯？"季布尔问。

"当然明白。"苏克边说边笑。

加斯帕博士可一点都不明白。

"每个星期天当众表演，你都是听我的话的，对吧？你站在画线的跳板上。我说：'来吧！'——你就踩上钢丝，朝我这儿走。我站在人群上空的钢丝中央等你。我挪出一个膝盖，对你说：'来吧！'——你就踩到我的膝盖上，爬上我的肩膀……你当时害怕吗？"

"不怕。你对我说：'来吧！'——就是说可以放心，什么都不要怕。"

"好了，"季布尔说，"现在我再对你说：'来吧！'你要变成洋娃娃。"

"那我就变成洋娃娃。"

"她要变成洋娃娃？"加斯帕博士问，"这是什么意思？"

诸位读者，相信你们都已经明白了！你们不像加斯帕博士那样兴奋和惊奇，你们更冷静，所以很快便搞清了原委。

想想看，加斯帕博士直到现在还没好好睡上一觉呢。我们不得不对他这铁打的身子感到惊奇。

第二只公鸡还没醒来，一切就已安排妥当。季布尔制订了详细的行动计划。

"苏克，你是个演员。我想，虽然你年纪小，可你已是个了不起的演员了。春天我们马戏班演出哑剧《愚蠢的国王》时，你那个金茎的角色演得非常棒。后来在芭蕾舞里，你从磨坊主变成茶壶，演得妙极了。你跳得比谁都好，也比谁都唱得好，你的想象力丰富，最主要的，你是个机智勇敢、聪明伶俐的女孩。"

苏克兴奋得涨红了脸。这些夸赞的话甚至让她感到有些难为情。

"所以，现在你来扮演图季王子洋娃娃的角色。"

苏克拍着手，依次去吻大家：季布尔、老奥古斯特和加斯帕博士。

"等等，"季布尔继续说，"还没完。你知道枪炮匠普洛斯彼罗被关在三胖宫的铁笼子里。你要把他救出来。"

"打开笼子?"

"对。我知道一个秘密,可以让普洛斯彼罗逃出三胖宫。"

"秘密?"

"对。那儿有个地道。"

于是,季布尔讲了气球小贩的奇遇。

"这条地道的入口在一口大锅里——应该在宫廷厨房中。你一定要找到这条地道。"

"好。"

太阳还没升起,鸟儿已经醒来。从马戏班房门口望去,绿油油的草地闪闪发光。

在晨光的映照下,笼子里那个神秘的动物原来是一只普通的狐狸。

"别浪费时间!路还远呢。"

加斯帕博士说:

"现在你得去选一件最漂亮的连衣裙……"

苏克把所有的衣服都找来了。这些衣服精美无比,都是苏克亲手做的。她跟所有天才的演员一样,穿衣戴帽十分别致。

加斯帕博士在五颜六色的一堆衣服中翻找了好大工夫。

"嗯,"他说,"我看这件连衣裙非常合适,一点不比洋娃娃身上那件差。穿上吧!"

苏克换好装,迎着初升的太阳,站在马戏班房间中央,显得异常美丽。大概,世界上任何一个女孩都不能比得上她。她的连衣裙是粉红色的，举手投足间，苏克身上好似下了金雨般闪闪发光。连衣裙沙沙作响，芳香四溢。

"我准备好了。"苏克说。

告别只用了一分钟时间。马戏演员不喜欢流泪。冒险是他们生活的常态。再说，不能过分热烈地拥抱，免得碰坏了衣服。

"早点回来！"老奥古斯特说完，叹了口气。

"我到工人区去。我们应该算一下我们的力量。工人们在等我。他们知道我还活着，也没被逮捕。"

季布尔披上斗篷，戴上宽边帽子、黑眼镜和大大的假鼻子。假鼻子是哑剧《进军开罗》中装在总督脸上的。

这身打扮没有人能认出他来。虽说大鼻子把他变得很丑，但也正是这鼻子，才让他不会被人认出来。

老奥古斯特站在门口。加斯帕博士、季布尔和苏克从马戏班的房子里走出来。

天已经大亮。

"快点，快点！"加斯帕博士催促着。

不一会儿，他和苏克一起坐上了马车。

"你不怕吗？"他问。

苏克笑了笑。加斯帕博士吻了吻她的额头。

街上依然是空荡荡的，人流稀少。突然传来狗的狂吠声，随后又像有人抢走它骨头似的嗷嗷叫个不停。

加斯帕博士从车里向外看去。

嫉　妒

想不到，这就是咬过大力王拉皮图帕的那条狗！不过，这还不够——

加斯帕博士接着看到，原来狗和人打在了一起。一个又瘦又高、小脑袋的男人，穿着一件漂亮又奇特的衣服，活像只蚂蚱，正在跟狗抢夺一件粉红色的漂亮东西。粉色的碎片四处飞扬。

那人赢了。他夺过"猎物"，把它紧紧贴在胸前，朝加斯帕博士车行的方向径直跑来。

他迎头撞见了马车，苏克从加斯帕博士背后望去，看到了十分可怕的一幕。这个奇怪的家伙不是在跑，而是在飞奔。他几乎脚不沾地，动作优雅，像在跳芭蕾舞。那燕尾服的绿色下摆好似风车的叶片在他身后飞转，而他怀里……怀里抱着一个胸口有黑洞的女孩。

"这是我啊！"苏克大叫起来。

她往回一跳，躲到车子最里面，把脸藏在丝绒垫子里。

抢东西的人听到叫声，回头看了看，这时加斯帕博士才认出，这是舞蹈教师蹦跶跶。

第九章　胃口大开的洋娃娃

图季王子站在阳台上。地理老师拿着望远镜向远处观望。图季王子让人拿来指南针——这显然是多此一举。

图季王子在等洋娃娃回来。

他兴奋极了，昨天一整夜睡得又香又甜。

从阳台上可以清楚地望见城门通向宫里的大道。太阳已经升到城市上空，晃得他们看不太清楚。图季王子抬手遮阳，皱起了眉头，懊恼自己打不出喷嚏来。

"一个人都看不到。"地理老师说。

这件大事交给他来负责，原因是他专业对得上，比谁都搞得清东西南北、地平线和移动点之类的问题。

"没准能看到吧？"图季王子总是在问。

"别跟我争。除了望远镜，我还有很多知识和对各种事物的准确认识。瞧，现在我看见茉莉花丛。在拉丁语里，这种花的名字很好听，不过很难记。稍远点我看到几座桥，还有卫兵，他们周围有几只蝴蝶飞来飞去，再远些有一条路……等一下！等一下！……"

他拧了拧望远镜。图季王子踮起脚尖。他的心从下到上怦怦直跳，就像没有完成功课一样忐忑不安。

"嗯，来了。"地理老师说。

这时，三个骑兵从宫廷花园向大道奔去。这是波拿文土拉上尉带着卫兵去迎接路上来的马车。

"乌拉！"图季王子尖声叫嚷着，嗓门高得连远处村子里的鹅都跟着叫了起来。

阳台下面站着体操老师，以防万一图季王子兴奋过度不留神从阳台的石头围栏上掉下来，他好伸手去托住。

加斯帕博士的马车正往三胖宫驶来。现在已经不需要望远镜和地理老师的科学知识了,所有人都已经看到了车子和白马。

幸福的时刻到了!马车停在最近的一座桥边。卫兵让出一条路。图季王子手舞足蹈,欢蹦乱跳,金色的头发跟着飞舞起来。终于,他看到了日思夜想的宝贝。一个身材矮小的老头慢吞吞地从马车里爬出来。卫兵们远远地站着,恭恭敬敬地举起马刀敬礼。老头从车里取出一个奇妙的洋娃娃,那洋娃娃活像一束系着丝带的、鲜艳的玫瑰花。

在清晨蔚蓝的天空下,在阳光灿烂的草地上,这是一幅多么美妙的图景啊!

过了一会儿,洋娃娃已经进到宫里了。苏克和图季王子会面了。洋娃娃自己会走路,不用别人帮忙。

啊,苏克演得太好了!要是在真娃娃堆里,毫无疑问,她们也会把她当成自己的同伴的。

她很镇定,她觉得这个角色能够演得很成功。

"不过,更难的任务往往在后面,"她想,"比如,舞灯不能把灯舞灭,或要连翻两个跟头……"

苏克过去在马戏班里,这两个节目都演过。

总之,苏克并不害怕。她甚至很喜欢演这场戏。最紧张的是加斯帕博士。他跟在苏克后面。苏克像芭蕾舞演员脚尖踮地,轻挪碎步。她的连衣裙翩翩舞动,沙沙作响。

拼花地板闪闪发光。苏克的身影映在地上像一片小小的粉红色云朵。在高高的大厅里,她显得非常弱小。由于地板的亮光,大厅显得很长,两旁的镜子又使大厅显得很宽。

可以想象,苏克活像一只小花篮,在宽阔平静的水面上漂游。

她笑盈盈、喜洋洋地走着,从警卫身边走过,从披盔戴甲、看得着迷的人身边走过,从平生第一次微笑的官员身边走过。

在她面前,他们连连后退,给她让路,好像她是这座宫殿里刚登基的女王。

周围一片寂静,甚至可以听到她那比花瓣落地还要轻的脚步声。

楼上的图季王子跟她一样瘦小,一样喜气洋洋,他正从宽阔的楼梯上走下来迎接洋娃娃。

他们的个子一般高。

苏克停下了脚步。

"他就是图季王子!"她想。

站在她面前的是一个瘦小的男孩,看起来像个气汹汹的姑娘,灰色的眼睛里有一丝忧伤,头发蓬乱,脑袋侧向一边。

苏克知道图季王子是谁。苏克也知道,三个胖国王是什么人。她知道,三个胖国王抢走了贫苦百姓挖出来的煤,夺走了他们开采的铁矿、耕种的粮食。她清楚地记得那个贵族老太婆是怎么纵使手下的奴才毒打她的。她知道三个胖国王,那些贵族老太婆、花花公子、小店主和卫兵都是一帮坏家伙。就是这些坏蛋把枪炮匠普洛斯彼罗关进铁牢,就是这些坏蛋在抓捕她

嫉　妒

的朋友季布尔。

　　刚走进宫里时，她以为图季王子会很丑陋，就像那个贵族老太婆一样，总是把又长又红的舌头伸在外面。

　　可现在她并没有任何反感，看见图季王子后，她倒有些高兴起来。

　　她用那双快活的灰眼睛望着他。

　　"是你吗，洋娃娃？"图季王子伸出手来问。

　　"我该怎么办？"苏克有些慌张，"难道洋娃娃会说话吗？唉，他们也没有事先告诉我！……不知道在这种情况下，被卫兵捅坏的那个娃娃会怎么做……"

　　幸好加斯帕博士过来帮忙了。

　　"王子殿下，"他庄重地说，"我把你的洋娃娃修好了！看，我不仅把她救活了，还让她变得更棒了。瞧，洋娃娃更漂亮了，还穿上了华美的新装，最重要的是，我教会了她说话、唱歌和跳舞。"

　　"我太高兴了！"图季王子小声说。

　　"要开始表演了。"苏克做好了准备。

　　于是，布里扎克叔叔马戏班的这个小演员开始了在新舞台上的首场演出。

　　这个舞台就是三胖宫的中央大厅。观众格外多，楼梯上、过道上、乐台上，四处挤满了人。有的人从小圆窗里钻进来，站满了阳台。为了看得更清楚、听得更明白，有的人竟爬到了圆柱上。

明晃晃的太阳照在密密麻麻的脑袋和五颜六色的衣服上。

苏克看到许多张笑脸在望着她。

厨师张开五指，红色的果汁和油腻的棕色调味汁像树干上的流胶一样直往下淌。大臣们穿着五颜六色的绣花礼服，活像扮成公鸡的猴子。又矮又胖的乐师身上套着瘦瘦的燕尾服。还有宫廷里的男男女女、驼背的御医、长鼻子的学者、头发蓬乱的听差，以及打扮得漂漂亮亮、跟大臣们的样子不相上下的仆从。

凡是能站下脚的地方全都站满了人。

大厅里鸦雀无声。大家屏住呼吸，盯着这个穿粉红衣服的小姑娘。她镇定自若，带着十二岁女孩特有的自信迎着这上百双眼睛。她一点也不怯场。这些观众未必比露天广场上的观众更苛刻。苏克几乎每天都在广场上演出。唉，那里有最挑剔的观众：看热闹的、当兵的、演戏的、中学生，还有小商小贩。对所有人，苏克都不惧怕。他们都说："苏克是世界上最好的演员……"他们把身上最后一枚硬币都抛到她的垫子上。这点可怜的钱足以买到一个肝馅饼，有些织袜女工一日三餐只靠这种馅饼来充饥。

于是，苏克开始正式演起她的洋娃娃角色了。

她脚尖合拢，稍稍提起，手臂弯曲举到面前，像中国剧里演的那样把两个小指微微一翘，唱起歌来。和着音乐的节奏，她的头左右摆动着。

她笑得俏皮可爱，美丽动人。但她始终把眼睛睁得又大又

嫉 妒

圆，跟所有的洋娃娃一样。
　　她唱道：

　　　　加斯帕博士好心肠，
　　　　吹旺坩埚红火苗，
　　　　高深学问无人晓，
　　　　把我救活实在妙。
　　　　看：我在微笑，
　　　　听：我的心在跳……
　　　　人世间的快乐，
　　　　重又把我相伴。
　　　　我用尽一生把你寻找，
　　　　路走了无数条！……
　　　　不要忘记你亲爱的妹妹，
　　　　我的名字叫苏克！
　　　　我又重新活蹦乱跳。
　　　　可我在寂静中睡熟，
　　　　总是梦见
　　　　你在为我伤心流泪！
　　　　看：眼睫毛向上高挑，
　　　　头发披到鬓角。
　　　　不要忘记你亲爱的妹妹，
　　　　我的名字叫苏克！

"苏克。"图季王子低声重复着。

他的眼里满含泪水,让他的眼睛看起来好像不是两只,而是成了四只。

洋娃娃唱完歌,行了屈膝礼。大厅里一片惊呼声。众人骚动起来,频频点头,啧啧称奇。

那歌声真是太迷人了!诚然,对这小小的年纪来说,曲调不免有些忧伤,可她的嗓音真是太妙了,有如银铃般清脆、玻璃般纯净。

"她的歌声像天使。"寂静中传来乐队指挥的声音。

"不过,她的歌有点怪。"一个大臣说,身上的勋章当啷响。

这时,议论声突然停止。三个胖国王走进大厅。众人害怕大厅里拥挤不堪会让三胖陛下大为不悦,便一齐奔向出口。慌乱中,厨师把满是马林果汁的手贴到一个漂亮女人的后背上。那女人尖叫一声,露出了她的一副假牙,因为假牙飞了出来。一个胖胖的卫兵上尉穿着笨重的皮靴,一脚踩在这精美的假牙上。

这时,只听"喀嚓,喀嚓!"两声。礼宾官突然出现,张口大骂:

"核桃扔了一地!脚下硌得喀嚓响!太不像话了!"

掉了假牙的漂亮女人想叫喊。她举起两只手,可是——唉,牙没了,话也说不清楚了。谁都听不懂她在嚷什么。

不一会儿,大厅里已经没有多余的人,只剩下负责的

嫉　妒

官员。

　　苏克和加斯帕博士来到三个胖国王面前。

　　三个胖国王似乎不像昨天出事时那样紧张不安了。他们刚刚在值日医师的监护下到花园里打过球，只为了消消食，他们已经累得要命，汗流浃背，脸上油光锃亮。衬衫粘在背上，活像张满的风帆。一个胖国王眼角下有块瘀肿，像一朵难看的玫瑰，或者一只漂亮的青蛙画在脸上；另一个胖国王不时偷偷地向那朵难看的玫瑰瞟上一眼。

　　"一定是这个胖国王把球扔到他脸上，砸了个瘀肿。"苏克想。

　　脸上受伤的胖国王气吭吭地直哼哧。加斯帕博士不知所措，只是一直笑着。三个胖国王默不作声，仔细地审视着洋娃娃。图季王子喜出望外的样子也让他们兴奋起来。

　　"嗯，"一个胖国王说，"你是加斯帕博士？"

　　加斯帕博士鞠躬行礼。

　　"嗯，洋娃娃修得怎么样？"另一个胖国王问。

　　"妙极了！"图季王子高喊道。

　　三个胖国王从没看见图季王子这么欢快过。

　　"太好了！她看起来确实很不错……"

　　大胖王用手掌擦了擦脑门，恶狠狠地"啊"了一声，说道：

　　"加斯帕博士，你执行了我们的命令。现在你有权要求奖赏。"

　　大家闷声不响。

一个戴着红色假发的矮个秘书拿着笔，准备记下加斯帕博士的要求。

加斯帕博士提出了自己的要求：

"昨天法场上给造反的人搭了十个断头台……"

"今天就处死他们。"胖国王打断了他的话。

"我说的正是这个。我的要求是：赦免所有关押的人，放了他们。我要求彻底废除死刑，烧掉断头台……"

听到这个要求，红头发的秘书吓得把笔掉到了地上。笔尖锋利异常，直接扎进二胖王的脚。二胖王大叫起来，踮着一只脚来回打转。脸上瘀肿的大胖王幸灾乐祸地哈哈大笑——这下他可报了仇。

"该死！"二胖王嗷嗷大叫，从脚面上拔出箭头一般的笔尖，"该死！这个要求是违法的！你胆敢提出这种要求来？！"

红头发的秘书溜掉了，慌忙中撞翻了一只花瓶，花瓶像炸弹一样在他身后飞落，炸成一地碎片。真是乱成一团！二胖王拔出笔尖就追，把笔尖向秘书狠狠扔了过去。可是，这么胖的家伙怎么会是出色的标枪手呢！笔尖扎中了站岗卫兵的屁股。那卫兵恰好是个忠于职守的奴仆，他纹丝不动。于是，这支笔尖始终插在这个古怪的地方，一直插到换岗。

"我要求赦免所有被判死刑的工人。我要求烧掉断头台。"加斯帕博士又说了一遍，声音不大，却非常坚定。

回应他的是三个胖国王的齐声号叫，听起来就像有人把几块木片一下子折断了似的。

"不!不!不!决不!一定要杀了他们!"

"倒下装死。"加斯帕博士悄声对洋娃娃说。

苏克心领神会。她又踮起脚尖,尖叫一声,身体摇晃起来。她的连衣裙像落网的蝴蝶翅膀一般,不住地颤动。她垂下头——洋娃娃眼看就要倒下去了。

图季王子一下子扑到她跟前。

"哎呀!哎呀!"他叫起来。

苏克叫得更加凄惨。

"瞧,"加斯帕博士说,"看到了吧?洋娃娃又要没命了。她身上的机关太灵敏,要是你们不答应我的要求,她会彻底完蛋的。我想,洋娃娃要是变成一堆没用的粉红色破布条,王子是不会太满意的。"

图季王子一下子火了。他像只小象似的直跺脚,眯起眼睛,摇晃着头。

"不!你们听见了吗?不行!"他喊道,"快答应博士的要求!我不能没有洋娃娃!苏克!苏克!"他号啕大哭起来。

不用说,三个胖国王只好让步。他们发布命令,宣布大赦。加斯帕博士欢天喜地地回家去了。

"我要睡上一天一夜。"一路上他想。

进城的路上,他听到法场上正在烧毁断头台,还听说那些财主都对不把造反的穷人砍头大为不满。

就这样,苏克留在了三胖宫里。

图季王子带她来到花园。

图季王子揉弄着花朵，一不留神，衣服扎到带刺的铁丝上，差点掉进水池。他真有些乐得忘乎所以了。

"难道他看不懂我是个活人吗？"苏克觉得很奇怪，"要是我，可不会这样受骗上当。"

早餐送来了。苏克看到了小蛋糕，想起还是在去年秋天，她吃过这样一块小蛋糕。老奥古斯特还告诉她，那不是蛋糕，是块甜饼干。图季王子的蛋糕好看极了，竟引了十只蜜蜂把它当成鲜花飞来采蜜。

"我该怎么办？"苏克很发愁，"难道洋娃娃还能吃东西？各种各样的洋娃娃都有……唉，我太想吃一块了！"

苏克终于忍不住了。

"我想吃一块……"她轻声说，脸涨得通红。

"太好了！"图季王子高兴极了，"以前你不想吃，我一人吃早餐，太没意思了。啊，现在太好了！你也想吃了……"

于是，苏克吃了一块又一块。突然，她发现在远处看护王子的侍从不住地盯着她看，而且一脸惊恐的表情。

侍从的嘴巴张得大大的。

难怪侍从会这副样子，他从来没见过洋娃娃还会吃东西。

苏克吓了一跳，手里第四块松软酥香的葡萄干蛋糕掉到地上。

不过，总算平安无事。侍从搓了搓眼睛，又合上了嘴。

"大概是我看走眼了。天太热了！"

图季王子说起话来停不住。后来说累了，就默不作声

嫉　妒

起来。

在这炎热的天气里,四周静悄悄的。显然,昨天的风已经刮到很远的地方去了。一切都仿佛停滞了,连鸟儿也飞不起来了。

寂静中,坐在图季王子旁边草地上的苏克听到一种奇怪的声音,连续不断,又很有规律,就像藏在棉被里的钟表声。只不过,钟表声是"嘀——嗒",这个声音是"咚——咚"的。

"这是什么声?"她问。

"什么?"图季王子扬起眉毛,像大人吃惊时那样。

"听,'咚——咚'的声音……是表声?你有表吗?"

接着又静下来。寂静中,又有什么东西发出"咚——咚"的响声。苏克举起一根手指。图季王子竖起耳朵听了一会儿。

"这不是表,"他轻声说,"我有一副铁石心肠。这是我铁打的心在跳……"

第十章　动物园

下午两点,图季王子被叫到教室。他要上一小时的课。苏克一人留在屋里。

当然,没人会想到苏克是个活的女孩。现在图季王子的那个娃娃在舞蹈教师蹦跶跶手里,一定也是同样自由自在、无拘无束。那娃娃一定是个能工巧匠做的。它确实不会吃蛋糕。不过,也许图季王子说得对:可能她只是胃口不好而已。就这样,苏克一人留在屋里。

她的处境很困难。

三胖宫大得惊人，有数不清的入口、走廊和楼梯。

周围尽是可怕的卫兵和恶狠狠的、顶着五颜六色假发的陌生面孔。四下里静悄悄、金灿灿的。

没有人注意苏克。

她站在图季王子卧室的窗边。

"应该订个行动计划，"她暗自拿定主意，"关枪炮匠普洛斯彼罗的铁笼在图季王子的动物园里。我一定要进到动物园里去。"

你们已经知道，三个胖国王不让图季王子看到活的孩子，从不让他坐车进城，即使是蒙得纹丝不漏的马车都不行。图季王子在宫里长大。他们教他各种科学，给他读讲暴君和统帅的书。他周围的人都不许笑。他的所有养育员和教师都是干瘦的老头儿，他们双唇紧闭，颧骨灰得像火药。除此之外，他们都患有消化不良症，得了这种病的人也就顾不上笑了。

图季王子从没有听过欢快悦耳的笑声。只是偶尔听到香肠小贩醉醺醺的嬉笑声，还有三个胖国王招待那些跟他们同样胖的客人时发出的哈哈大笑。可这难道算得上笑吗？！这简直是让人不寒而栗的鬼哭狼嚎，听了不但不会令人愉快，反倒让人害怕。

只有洋娃娃才会笑。三个胖国王认为洋娃娃的微笑不会有什么危险。再说，洋娃娃也不说话，不能把很多事情说给图

嫉　妒

季王子听。花园和铁桥上背着鼓的卫兵把图季王子和外界隔绝开来。所以有关百姓的事，什么贫穷、忍饥挨饿的孩子们、工厂、矿山、监牢、农民等等，图季王子都不知道。至于有钱人强迫穷人卖苦力，抢夺穷人骨瘦如柴的双手创造出的一切财富，他更是无从知晓。

三个胖国王要培养一个凶狠残暴的继承人。他们不让他跟别的孩子在一起，就给他建了一个动物园。

"让他看看动物吧，"他们这样决定，"现在他有一个没有灵魂的假娃娃，以后他身边还会有凶猛的野兽。让他看看老虎怎么捕食生肉，蟒蛇怎么生吞活兔，让他听听猛兽的咆哮，看看野兽吃人时的血红眼睛，这样他就学会残酷无情了。"

但事情并不像三个胖国王想象的那样。

图季王子读书很勤奋，尽管他听过许多关于英雄和帝王的可怕故事，却总是憎恶地瞪一眼教师那只长粉刺的鼻子。他并没有变得残酷无情。

他喜欢跟洋娃娃在一起，不喜欢野兽。

当然，你们会说，十二岁的男孩还玩娃娃，多难为情啊！许多这么大的男孩更喜欢去捕猎老虎。不过这里另有原因，到时候你们自然会知道。

让我们回来说说苏克吧。

她决定等到晚上再说。的确，光天化日之下，洋娃娃独自在宫里闲逛马上会引起怀疑。

下课后，他们又见面了。

"你知道,"苏克说,"我生病躺在加斯帕博士家的时候,做了个奇怪的梦,梦见自己变成了活人……我好像成了马戏演员,跟其他演员一起住在马戏班里。马戏班总是从一个地方搬到另一个地方,常常在集市和广场上演出。我走钢丝,跳舞,做各种高难的动作,还演各种哑剧里的角色……"

图季王子瞪大眼睛,聚精会神地听着。

"我们很穷,经常吃不上饭……我们有一匹大白马,叫安拉。我常常骑上它,站在蒙着破烂黄缎的宽大马鞍上表演。后来,马死了,因为我们整整一个月没钱买吃的好好喂它……"

"很穷?"图季问,"我不明白,你们为什么穷?"

"我们为穷人演戏。穷人扔些小铜币给我们。有时演出完,小丑奥古斯特托着帽子向观众要钱,绕场一圈,帽子还是空空的。"

图季王子什么都听不懂。

于是,苏克一直给他讲到晚上。她讲到艰难困苦的生活,讲到大城市,讲到要打她的那个贵族老太婆,讲到有钱人怎么放狗去咬欢蹦乱跳的孩子,还讲到踩钢丝的季布尔和枪炮匠普洛斯彼罗,还有工人、矿工和水手想推翻财主和三个胖国王的政权。

她说得最多的是马戏班的事。她越讲越有劲,完全忘了是在讲做梦。

"我很早就生活在布里扎克叔叔的马戏班里。我甚至不记得是从什么时候开始会跳舞、骑马和荡秋千的。啊,我学会了

嫉　妒

多么神奇的马戏啊！"她两手一拍，"比如，上星期日，我们在港口表演。我用杏核吹了华尔兹舞曲……"

"用杏核怎么吹曲子？"

"哦，你不知道？难道你没见过杏核做的口哨吗？很简单。我攒了十二个杏核，把杏核放到石头上磨，直到磨出小孔，就做成口哨了……"

"太有趣了！"

"我不仅会用十二个杏核吹华尔兹舞曲，还能用钥匙吹……"

"用钥匙？怎么吹？你吹给我听听！我有一把神奇的小钥匙……"

图季王子边说边解开外衣领，从脖子上摘下一条细链，上面吊着一把白色的小钥匙。

"瞧！"

"你为什么把它藏在身上？"苏克问。

"这把钥匙是国务大臣给我的。这是我动物园里一个笼子的钥匙。"

"难道你把所有笼子的钥匙都藏起来了吗？"

"不。他们告诉我，这是顶顶重要的一把，要我一定把它藏好……"

苏克给图季王子表演了自己的本领。她缩拢嘴唇，把钥匙上的孔朝上贴近嘴边，吹了一首美妙的歌。

图季王子高兴得竟把要他藏好的钥匙完全忘在脑后。钥匙留在苏克手里,她顺手塞进镶花边的粉色衣兜里。

夜幕降临了。

在图季王子卧室旁边,有给洋娃娃准备的单独的房间。

图季王子睡着了,做了一个奇怪的梦:梦见一些滑稽可笑的大鼻子假面具;梦见一个人上身赤裸,枯黄的背上背着一块磨得光亮的大石头,一个胖子举着黑色的鞭子在打他;梦见一个衣着破烂的男孩在吃土豆,还有个穿花边衣服的贵族老太婆骑在白马上,用十二个杏核吹着一首难听的华尔兹舞曲……

这时,在离这个小卧室很远的地方,在宫廷花园的另一端,发生了一件事。你们不要以为这件事没什么特别的。这天夜里不仅图季王子做了怪梦,图季王子动物园门口站岗的卫兵也做了个奇怪的梦。

他坐在石墩上,背靠栅栏,瞌睡正酣。他的马刀立在两膝之间,刀鞘又宽又亮,黑绸腰带下面直溜溜地竖着一把手枪。旁边石块上放着一盏马灯,灯光照亮了卫兵的靴子,还有一只从树上落到他衣袖上的长毛毛虫。

这里看起来一片风平浪静的景象。

卫兵酣然入睡,做了一个不寻常的梦。他梦见图季王子的洋娃娃走到他面前。她穿得跟早上加斯帕博士带她来时一模一样:还是那件粉色连衣裙,上面有许多花结、花边和闪亮的金属片。只不过现在在梦里,她是个活的小女孩。她动作灵敏,左顾右盼,浑身战栗,一根手指贴在嘴唇上。

马灯照亮了她小小的身体。

嫉　妒

卫兵甚至在梦中还美滋滋地笑着。

他喘了口气，挪了挪身体，换了个舒服的姿势。他把一个肩膀靠在栅栏上，鼻子直对铁栅栏的玫瑰花纹。

苏克看到卫兵睡得正香，便抓起马灯，踮着脚尖，小心翼翼地踱进围墙里。

卫兵鼾声如雷，听起来活像动物园里的老虎在咆哮。

实际上，夜深人静，野兽也都睡了。

马灯照亮了一小块空间，苏克慢慢地摸黑往前走。幸好，夜色下四周并不是漆黑一片。满天的星星和挂在花园里的灯都在给她照亮。灯光穿过树梢和屋顶，映到这个僻静的地方。

走进围墙，她穿过一条短短的林荫小路，两旁低矮的灌木丛开满了白色的花朵。

接着她立刻闻到了野兽的气味。她熟悉这股气味——有一个驯兽师带着三头狮子和一条德国乌尔姆猎犬跟着马戏班四处表演过。

苏克走到一块开阔的场地上。周围黑魆魆的，好像有一些小房子。

"是笼子。"苏克低声自语。

她的心扑通扑通猛跳起来。

她不怕野兽，马戏班的演员都不是胆小鬼。她担心的是她的脚步声和马灯的光亮会把野兽惊醒，野兽的咆哮声会招来卫兵。

她走到铁笼前。

"普洛斯彼罗在哪儿？"她心里紧张起来。

她把马灯举高，往笼子里看。里面静悄悄的，没有一丝动静。灯光透过铁笼，落到熟睡中黑乎乎的野兽身上，散成大小不一的影子。

她看到毛茸茸的厚耳朵，伸开的爪子，还有带条纹的脊背……老鹰张开翅膀睡着了，就像俄国古老的双头鹰国徽。在一些铁笼的最里面，黑乎乎地蹲着很多说不出名字的庞然大物。

在一个精美的银笼子里，许多鹦鹉蹲在高低不一的横杆上。苏克在这只笼子旁停下来，发觉在离她最近的笼边有一只红胡子老鹦鹉。它睁开一只眼睛望着她。这只眼睛就像一颗失去光泽的柠檬核。

不过，鹦鹉很快就闭上了眼睛，好像在装睡。这时，苏克觉得它像是笑了一下，红胡子也跟着动了动。

"我真是个傻瓜。"苏克自我安慰着。不过她还是觉得有些害怕。

寂静中，时而有什么东西在噼啪噼啪、咯吱咯吱、啷啷啾啾地响……

夜里你去马棚里试试，或者到鸡窝边仔细听听，那里静得出奇，但同时你也会听到很多轻微的响动：翅膀的扑棱声，吧嗒嘴声，横杆的咯嚓声和像水滴一样尖细的滴答声，这是鸡熟睡的时候喉咙里发出的声音。

"普洛斯彼罗在哪儿？"苏克又想起这个问题，此刻她越发感到惊恐不安,"会不会今天把他处决了,他的笼子里关进了老鹰?"

这时,黑暗中传来了一个嘶哑的声音:

"苏克!"

苏克顿时听到了粗重又急促的喘息声,还有一些其他的响动,好像有只生病的大狗在呜咽哀号。

"啊!"苏克叫了一声。

她把手里的灯对着声音的方向照去。那儿闪着两点淡淡的红火星。有个像熊一样黑乎乎的大怪物站在笼子里,手抓栏杆,把头靠在上面。

"普洛斯彼罗!"苏克小声说。

她脑子里瞬间冒出许许多多念头:

"为什么他这么可怕?像熊一样浑身长满了毛。他的眼睛里放出红色的光,指甲又长又弯,身上还没穿衣服。这不是人,是一只大猩猩……"

苏克快要哭出来了。

"你终于来了,苏克,"怪物说,"我知道一定会看到你的。"

"你好。我是来救你出去的。"苏克用颤抖的声音说。

"我出不去了。我今天就要咽气了。"

又是一阵呜咽哀号声,让人不寒而栗。那怪物倒下了,随后又欠起身来,把头紧贴在笼子上。

"过来,苏克。"

苏克走到近前。一张可怕的脸望着她。当然,这不像是人的脸,看起来更像一张狼脸。最可怕的是,这只狼的耳朵虽然长满了又短又硬的毛,可是外形却像人的耳朵。

苏克想用手捂住眼睛。马灯在她手里摇来摇去,黄色的光点在空中来回飞舞。

"你怕我,苏克……我已经失去了人的样子。别怕!走近点……你长大了,瘦了。你的脸很忧伤……"

他说话很吃力,身体越来越往下倒,最后躺在笼子的地板上。他张大口,牙齿又长又黄,呼吸越来越急促。

"我就快不行了。我知道死前一定会见到你的……"

他伸出像猴子一样毛茸茸的手。黑暗中,他似乎在摸索着什么。只听"咔嚓"一声,像是从哪儿拔出一颗钉子的声音。接着那只可怕的手又伸到笼子外面来。

手里有一块小木板。

"拿着。全写在上面了。"

苏克把木板藏了起来。

"普洛斯彼罗!"她小声叫道。

没有回音。

苏克把灯贴近笼子。这人的牙齿始终露在外面。眼睛浑浊、目光呆滞,一动不动地盯着她。

"普洛斯彼罗!"苏克丢下马灯,大喊起来,"他死了!他死了!普洛斯彼罗!"

马灯灭了。

嫉　妒

— 第四部　枪炮匠普洛斯彼罗 —

第十一章　大战点心房

　　动物园门口那个卫兵在苏克偷走马灯后，突然被动物园里的嘈杂声惊醒了。

　　有的野兽咆哮怒吼，有的尖叫嘶鸣，尾巴抽打着铁笼，鸟扑棱棱拍打着翅膀……

　　卫兵打了个哈欠，声音大得吓人。随后又伸了伸懒腰，拳头狠狠地打在栅栏上。最后，他终于回过神来。

　　他一下子跳起来。马灯不见了。天上的星星静静地闪闪发光。茉莉花芳香四溢。

　　"见鬼！"

卫兵狠狠地啐了一口。唾沫像子弹一样飞出去，打掉了一朵茉莉花。

野兽的叫声越来越大，混成一首古怪的交响曲。

卫兵拉响了警报。不一会儿，众人举着火把赶来。火把爆出噼噼啪啪的响声。卫兵们相互咒骂着。有人让马刀绊住了脚，摔倒在地，鼻子不知撞到了谁的马刺上。

"我的灯被偷走了！"

"有人进动物园了！"

"小偷！"

"暴徒！"

这群伤了鼻子、折了马刺的卫兵举起火把穿破黑夜，向看不见的敌人进发。

但是，动物园里没有发现任何可疑的迹象。

老虎咧开腥臭的血盆大口咆哮着。狮子惊慌失措地在笼子里跑来跑去。鹦鹉左飞右跳，乱作一团，活像一台彩色旋转木马。猴子在荡秋千。熊用低沉优美的声音唱着歌。

人和灯光的突然出现激起了动物铁笼里更大的恐慌。

卫兵查看了所有的笼子。

一切正常。

他们连苏克丢下的马灯都没有找到。

突然，那个碰伤鼻子的卫兵说：

"站住！"他把火把举高。

大家向上一看。上面黑魆魆的，有枝树梢。树叶一动不

嫉　妒

动，四周静悄悄的。

"你们看到了吗？"卫兵挥动着火把，大声喝问。

"是啊。有个什么粉红色的东西……"

"很小……"

"蹲着呢……"

"笨蛋！你知道这是什么吗？是鹦鹉。它从笼子里飞出来落在那儿了，真见鬼！"

拉警报的那个值班卫兵窘得不敢吭声。

"得把它弄下来。它把所有的野兽都吓坏了。"

"对。爬上去，弗尔姆，你最年轻。"

那个叫弗尔姆的卫兵走到树前，犹豫不决。

"爬上去，拽住它的胡子把它拉下来。"

鹦鹉蹲着一动不动。在树叶稠密的高处、火把照亮的地方，它的羽毛现出粉红色。

弗尔姆把帽子往脑门一拉，搔了搔后脑勺。

"我害怕……鹦鹉咬人可疼了。"

"笨蛋。"

最后，弗尔姆到底还是爬上了树。不过，刚爬到半路就停下了，挺了一会儿便滑了下来。

"怎么都不成！"他说，"这不该是我的事。我不会跟鹦鹉打仗。"

这时，传来一个老头气冲冲的声音。他拖拉着鞋，在黑暗中急急忙忙冲卫兵跑来。

"别碰它!"他大喊道,"别惊扰它!"

喊叫的人原来是动物园园长。他是个大学者,动物学家,有关动物的一切事情,他都了如指掌。

喧闹声把他给吵醒了。

他就住在动物园这里,从床上爬起就直接跑过来,竟连睡帽都没摘下,鼻子上还有一只亮晶晶的大臭虫。

他非常气恼。的确,卫兵胆敢闯进他的地盘,还有个蠢货,竟敢去揪他鹦鹉的胡须!

卫兵让出一条路。

动物学家扬起头。他也看到树叶中有个粉红色的东西。

"对,"他说,"是鹦鹉。这是我最好的鹦鹉。它总爱耍脾气,在笼子里待不住。这是劳拉……劳拉!劳拉!"他用细腻的声音召唤鹦鹉。"它喜欢亲热地叫它。劳拉!劳拉!劳拉!"

卫兵憋不住扑哧一笑。这个小老头穿着花睡袍,趿着拖鞋,一抬头,睡帽上的帽穗跟着搭到地上。在一群人高马大的卫兵中,在烧得通红的火把中和野兽的号叫声中,他这副样子显得非常滑稽可笑。

随后又发生了更滑稽的事。动物学家爬上了树。他的动作相当灵敏——显然这不是第一次了。一、二、三!一双穿着条纹里裤的腿在睡衣下闪了几下,这位可敬的老人瞬间就上去了,目标已经离他不远,可接着爬非常危险。

"劳拉!"他又甜甜地唤了一声,带着几分讨好的语气。

突然,他一声尖叫,叫声穿透了整个动物园和花园,至少

嫉　妒

方圆一公里外都能听到。

"鬼！"他叫道。

显然，蹲在树枝上的不是鹦鹉，而是什么怪物。

树下的卫兵往后一退。动物学家飞落下来。幸好一根结实的短树枝救了他：他的睡衣挂在树枝上，他两脚悬空倒挂在那里。

唉，要是此时其他学者看到这位尊敬的同行落得这副样子，不用说，出于对他的秃顶和学识的尊敬，一定会转过脸去不忍看他！他的睡衣被掀了起来，实在有失体面。

卫兵们掉头就逃。火把迎风飘舞，黑暗中好像一群红鬃黑马在狂奔。

动物园里的喧闹平息下来。动物学家挂在树上，一动不动。可这时，宫里又乱起来了。

在树上出现神秘鹦鹉前一刻钟，三个胖国王收到了一大堆坏消息。

"城市里乱作一团。工人们已经拿到手枪和步枪，正在向卫兵开火，还把所有的胖子都扔进了河里。"

"踩钢丝的季布尔没被抓到，他召集郊区民众，组成了一支队伍。"

"许多卫兵都跑到了工人区，不再效忠三胖陛下。"

"工厂的烟囱不冒烟了。机器也不转了。矿工拒绝下井为财主挖煤。"

"郊区的农民正在跟地主开战。"

这就是大臣们向三个胖国王禀报的消息。

一般来说，三个胖国王一受惊就长胖。全体内阁官员眼看着他们每人又胖了四分之一磅。

"我不行了！"一个胖国王说，"我不行了……实在受不了了……唉，唉！领扣卡住了我的喉咙……"

顿时，咔嚓一声，他那锃亮的领子崩开了。

"我又胖了！"另一个胖国王号叫起来，"救救我吧！"

第三个胖国王没精打采地瞅着自己的大肚子。

于是，全体内阁官员面临着两个大问题：首先，必须立即想办法让三个胖国王不再变胖；其次，必须平息城里的暴乱。

第一个问题是这样解决的：

"跳舞！"

"跳舞！跳舞！对，当然是跳舞。这是最好的运动。"

"一分钟都不能拖，快请舞蹈教师，得教三胖陛下跳芭蕾舞。"

"对，"大胖王小声地说，"不过……"

就在这时，动物园里传来那位可敬的动物学家的喊叫声。他不是在树上看到了自己最心爱的鹦鹉劳拉，而是活见鬼了。

三胖国全体政府官员都朝花园赶去，再沿着林荫路奔向动物园。

花园里响起一串"噗！噗！噗！"的声音。

三十种最美丽的橙色黑纹蝴蝶从花园里一惊而起，四散飞去。

嫉　妒

　　无数支火把汇聚在一起，活像一片烈焰熊熊、散发着树脂味的森林。这片森林一边前移，一边燃烧。

　　离动物园只有十步远的时候，所有向前跑的人就像双腿突然不好使了一样停下了脚，狂呼乱叫掉头就跑，一个人倒在另一个身上，东奔西窜，落荒而逃。火把扔了满地，火焰乱飞，黑烟滚滚，火浪一个接着一个。

　　"噢！"

　　"啊！"

　　"救命！"

　　尖叫声穿破了整个花园。火焰飞腾，紫红的火光映出混乱不堪、狼狈逃窜的场面。

　　而从动物园的铁栅栏后面，一个又高又大的人迈着坚定的步伐，从容不迫地大步走来。

　　在火光的映衬下，那人头发火红，两眼炯炯有神，身穿破旧的短上衣，走起路来威风凛凛，像是从天而降的超人。他一只手拉住一根铁链，铁链上拴着一只豹。这头细长的黄色野兽想拼命挣脱可怕的项圈，活蹦乱跳，尖声嚎叫，一会儿蜷缩起身子，一会儿又像骑士旗帜上的狮子一样伸出血红的长舌头来。

　　那些胆敢回头看上一眼的卫兵望见这人另一只手上抱着一个女孩。那女孩穿着亮闪闪的粉红色连衣裙，脚上穿着绣金玫瑰花的鞋。她惊恐地盯着发狂的豹子，蜷起双脚，紧贴在那个巨人的肩膀上。

"普洛斯彼罗!"卫兵们哇哇大叫,四散奔逃。

"普洛斯彼罗!是普洛斯彼罗!"

"救命啊!"

"洋娃娃!"

"洋娃娃!"

这时,普洛斯彼罗放开了豹子。豹子摇头晃尾,径直向逃跑的卫兵猛扑过去。

苏克从普洛斯彼罗手上跳下来。卫兵仓皇逃窜,许多枪被丢在草地上。苏克捡起三把枪,将两把交给普洛斯彼罗,一把留给自己。枪几乎有她一半高,可她知道怎么摆弄这个漆黑发亮的东西——在马戏班里她早就学会了射击。

"走!"普洛斯彼罗说。

他们对花园里发生的事不感兴趣,也不在意那只豹子后来都干了些什么。

必须找到三胖宫的出口,赶快逃走。

季布尔说的那口神秘大锅在哪儿?让气球小贩逃出宫的那口神秘的锅在哪儿?

"去厨房!到厨房去!"苏克挥着枪,边跑边叫。

黑暗中他们奋力奔跑,在灌木丛里穿行,赶走很多熟睡的小鸟。啊,苏克一身美丽的连衣裙可遭殃了!

"什么东西有一股香甜味儿?"突然,苏克说。在几扇映出灯光的窗外,他们停下了。

要引起他人的注意,一般总是伸出一根手指,可此刻苏克举起了枪。

等卫兵们跑到跟前,他们已经爬到树上了。一转眼,他们顺着伸向窗户的树枝钻进一扇大窗户。

这正是昨天气球小贩飞进去的那个窗口。

这正是点心房的窗户。

尽管天色已晚,宫里闹得天翻地覆,点心房里还是干得如火如荼。全体甜点大师和那些头戴白色圆帽的机灵的小厨师们忙得不可开交:他们正在为明天庆祝图季王子洋娃娃归来的午宴准备一种特别的水果糖水。这次他们决定不做蛋糕了,因为害怕再有什么不速之客突然飞进来,毁坏法国奶油和高档蜜饯。

点心房中央放着一个大桶,里面的热水滚滚大开,屋子里蒸汽腾腾。在这一片雾气中,甜点师们好不惬意:他们正在切水果做糖浆。

不过……就在这时,慌忙中透过雾气,甜点大师看到了一幅可怕的场景。

窗外树枝摇摆,树叶沙沙作响,好像暴风雨就要来临一般。突然,窗台上冒出两个人来:一个火红头发的巨人和一个小女孩。

"举起手来!"普洛斯彼罗大喝一声。他一手握着一把枪。

"不许动!"苏克也举起枪喝道。

没等发出更严厉的喝令,十二副白袖子已经齐刷刷地举了起来。

接着，大锅小锅满天飞舞。

点心房这个亮闪闪的玻璃和铜器的世界，这个热烘烘、甜丝丝、香喷喷的世界被闹得天翻地覆。

普洛斯彼罗在找那口重要的锅。他和他的小救命恩人的唯一活路就在这口锅里。

他们把各种瓶瓶罐罐、平底锅、漏斗、盘子、碟子扔了一地。玻璃四处纷飞，轰隆哐啷，噼里啪啦，响成一片；撒落的面粉好像撒哈拉沙漠的热风一样飞旋。杏仁、葡萄干、樱桃狂飞乱舞；架子上的砂糖像瀑布一般倾泻而下；糖浆遍地，有整整一尺厚。到处水花四溅，水果滚来滚去。几口高塔似的铜锅轰隆隆翻倒下来……一切都被翻了个底朝上。这种情形只在梦里才有——你知道那是在做梦，所以你想怎么样就可以怎么样。

"有了！"苏克尖叫起来，"锅在这儿！"

他们要找的东西终于找到了。锅盖朝破烂堆飞去，扑通一声，掉进一片红色、绿色、金黄色的浓糖浆汇成的汪洋里。普洛斯彼罗看到了那口见不到底的大锅。

"快跑！"苏克喊道，"我跟着你。"

普洛斯彼罗爬进锅里。他刚一进去，就听到点心房里那些家伙的哭号声。

苏克来不及逃走了。那只豹子在花园和宫殿里转了一圈，把人吓得失魂落魄，又跑到了这里。卫兵的子弹在豹子身上留下的伤口像一朵朵绽放的玫瑰花。

甜点大师和小厨师们都瘫倒在一个角落里。苏克忘了手里有枪，顺手抓起一个梨便朝豹子扔去。

豹子直奔普洛斯彼罗扑去，一头扎到锅里，跟着普洛斯彼罗一起滑进又黑又窄的地道。大家看到一条黄尾巴竖在锅外，就像露在井口外一般，可顿时就什么都不见了。

苏克的双手捂住了眼睛：

"普洛斯彼罗！普洛斯彼罗！"

那些点心师傅嘻嘻嘎嘎，奸声大笑。这时卫兵也冲了进来。他们的制服被撕破了，满脸是血，枪口还冒着烟——他们刚刚跟豹子大战了一场。

"普洛斯彼罗死了！他会被豹子撕成碎片的！果真如此，对我反正都一样。我投降。"

苏克一边镇定地说，一边垂下那只握着枪的小手。

这时，砰的一声枪响。这是从地道逃走的普洛斯彼罗冲豹子开了一枪。

卫兵堆挤在锅边。糖浆汇成一片汪洋，漫掉了他们的半截大皮靴。

有个卫兵往锅里看了一眼，接着伸进一只手去，另外两个卫兵过来帮他。他们使劲去拽豹子尾巴，把堵在地道口的死豹子拉了出来。

"它死了。"卫兵气喘吁吁地说。

"他还活着！他还活着！我救了他！我救了人民的朋友！"

可怜的小苏克高兴极了，她的连衣裙被扯破了，头发和鞋上的金玫瑰也皱巴巴的。

她兴奋得满脸通红。

她完成了朋友季布尔交给她的任务：她救出了枪炮匠普洛斯彼罗。

"太好了！"卫兵猛地抓住苏克的手说，"我们倒要看看，你这个让人赞不绝口的洋娃娃现在还能干出什么来！瞧着吧……"

"把她送到三胖陛下那儿去……"

"他们会把你处死的。"

"笨蛋！"苏克平静地回答，她还舔了舔粉红色花边上的糖浆。普洛斯彼罗大战点心房时，她的连衣裙上沾满了糖浆。

第十二章　舞蹈教师蹦跶跶

洋娃娃的事已经暴露了，接着怎么样了，不得而知。此外，我们暂且不说蹲在树上的到底是什么鹦鹉，那位可敬的动物学家为什么看到它立刻失魂落魄，可能直到现在，他还像一件洗好的衬衫晾在树枝上一样挂在那儿呢；枪炮匠普洛斯彼罗是怎么救出来的，那头豹子又是从哪儿来的，苏克怎么会伏在普洛斯彼罗的肩上；那个说人话的怪物是谁，他给苏克的小木板上写了什么，他是怎么死的……

到时候一切谜团自有分解。我向你们保证，什么奇迹都没有发生，正如科学家所说，一切事物的发生都有铁一般的逻辑规律。

现在先说说那天早上。那天早上天气出奇的好。有个老妇人，面目表情像只山羊，从小害头痛病，这天竟突然不痛了。那天早上空气就是这么好。风吹树木不是沙沙作响，倒像是孩子们欢快的歌声。

在这样一个美妙的早晨，人人都想跳跳舞。怪不得舞蹈教师蹦跶跶的舞厅里人满为患。

不用说，胃里没有东西的人是没有兴致跳舞的，苦闷的人自然也不会去跳舞。不过，只有今天聚集在工人区准备再去攻打三胖宫的人才饥肠辘辘、痛苦哀愁。那些花花公子、贵妇人，那些贪吃鬼与财主家的少爷和小姐们总是高枕无忧。他们不知道踩钢丝的季布尔正在把贫穷、饥饿的工人联合成一支队伍，也不知道小舞蹈家苏克救出了百姓日思夜盼的枪炮匠普洛斯彼罗。他们根本不把城里的暴动当回事。

"不要紧！"一个长得不错，鼻子尖尖的小姐边穿舞鞋边说，"要是他们再去冲击三胖宫，卫兵一定会像上次那样把他们都干掉的。"

"那还用说！"一个年轻的花花公子大声说。他一边啃着苹果，一边在端详自己的燕尾服。"这些矿工和肮脏的手艺匠连步枪、手枪和马刀都没有，而卫兵还有大炮呢。"

逍遥自在、心满意足的人们一对对来到蹦跶跶的家里。

他家门上挂着一块小牌子，上面写着：

舞蹈教师蹦跶跶

除擅教舞蹈外,还训练优美的身姿、高雅的举止、轻盈的步伐、高贵的仪态,培养富有诗意的人生观。

学费预付十次为盼。

舞蹈教师蹦跶跶站在圆形大厅的蜂蜜色镶木地板上传授自己的艺术。

他在吹奏一支黑色的长笛,不知怎么,笛子神奇地粘在他的嘴唇上。他戴着一副翻花边的山羊皮白手套,不住地舞动两手,还不时弯下腰,做出各种姿势。一双小眼睛滴溜溜地转着,他一边用鞋跟打拍子,一边时不时跑到镜子前,看看自己是否漂亮,领结是否平整,油光锃亮的头发是否还闪闪发光……

众人成双成对,翩翩起舞。人头攒动,汗气蒸腾。大厅里像是在煮一锅五颜六色的汤,不过汤味却很难闻。

跳舞的男男女女在拥成一团的人堆里转来转去,他们看起来像带须子的萝卜,像菜叶,或者像五光十色、说不清是什么的怪东西一般搅浑在一个大汤盘里。

舞蹈教师蹦跶跶在这汤盘里起着勺子的作用。何况他的身体本来就又长又瘦,而且还有点弯曲。

啊,要是苏克看到这种舞蹈,准会笑得前仰后合!在哑剧《愚蠢的国王》中,她扮演金茎的角色,她的舞姿要像白菜茎摆动一样,她可比他们跳得高超多了。

嫉　妒

　　就在舞会正热闹的时候，三只戴粗皮手套的大拳头把舞蹈教师蹦跶跶家的门砸得哐哐响。

　　这些拳头看起来和粗瓦罐没什么不一样。

　　舞厅里那盘"汤"停止了搅动。

　　五分钟后，舞蹈教师蹦跶跶被带到三胖宫里去了。三个卫兵骑着马来接他。其中一个卫兵让蹦跶跶坐在马屁股上，跟自己背靠背——换句话说，舞蹈教师蹦跶跶倒骑着马。另一个卫兵带着他的大纸箱，里面的东西装得满满的。

　　"我得随身带些服装、乐器，还有假发、乐谱和我最喜欢的浪漫曲。"蹦跶跶收拾行装时说，"不知道我要在宫里待多久。我习惯了精致优雅的生活，我喜欢经常换衣服。"

　　那些跟着蹦跶跶学跳舞的人挥舞手帕，跟在马后面跑。他们大喊大叫，向蹦跶跶先生告别。

　　太阳已经高高升起。

　　舞蹈教师蹦跶跶被召进宫，满心欢喜。他喜欢三个胖国王，因为跟他们一样胖的那些财主家的少爷和小姐们都喜欢他们。财主们越有钱，蹦跶跶先生就越欢喜。

　　"说真的，"他想，"穷人对我有什么用处？难道他们会学跳舞吗？他们总是忙着干活，永远都没有钱。有钱的商人、花花公子和贵妇们可就完全不同啦！他们总是有很多钱，从来都不干活。"

　　舞蹈教师蹦跶跶自认为聪明得很，可在我们看来，他却是愚蠢至极。

"那个苏克真是个傻瓜!"他想起小舞蹈家来,总觉得很奇怪,"为什么她要为乞丐、当兵的、手艺匠和衣着破烂的孩子们跳舞呢?他们给的钱太少了。"

要是愚蠢的舞蹈教师蹦跶跶知道,小舞蹈家冒着生命危险去设法援救这些乞丐、手艺匠和衣着破烂的孩子们的领袖普洛斯彼罗,他一定会感到更加惊奇。

卫兵们快马加鞭,飞驰而去。

一路上发生了许多古怪的事。远处不时响起砰砰的枪声。激愤的人群拥挤在城门口。不时有两三个手艺匠提着手枪穿过马路……这样一个美妙的日子似乎正是小店主们生意兴隆的时候,可是他们却大门紧闭,只从小窗口里探出一个个油光锃亮、胖墩墩的肥脸。只听高呼声一浪接着一浪,此起彼伏,从一个街区传到另一个街区:

"普洛斯彼罗!"

"普洛斯彼罗!"

"他跟我们在一起!"

"跟我们……在一起!"

时而有卫兵骑着烈马疾驰而过;时而一个大胖子气喘吁吁地钻进小巷,五大三粗的仆人跟在身边跑来跑去,手拿棍子保护主人。

有的地方,仆人不愿再保护自己的胖主人,他们出乎意料地突然抡起棍棒砸向主人。街上乱作一团。

舞蹈教师蹦跶跶起先还以为他们这是在扇打土耳其沙发上

嫉　妒

的灰尘呢。

仆人们把胖主人痛打了三个十二下，又一个个轮流踹他的屁股。接着，他们相互拥抱，挥舞着棍棒，边跑边喊：

"打倒三胖！我们再也不为财主卖命了！人民万岁！"

高呼声此起彼伏：

"普洛斯彼罗！"

"普—洛—斯—彼—罗！"

总之，事态严峻。空气中弥漫着火药味。

此外，还有一件事也应该讲一讲。

十个卫兵挡住了护送舞蹈教师蹦跶跶的三个卫兵的去路。他们都是步兵。

"站住！"一个步兵说。他那对蓝眼睛燃烧着怒火。"你们是什么人？"

"你没长眼吗？"一个骑兵也气势汹汹地回答，他背后坐着舞蹈教师蹦跶跶。

马在全速飞奔时突然给勒住缰绳，一时站不稳。马鞍抖动起来，舞蹈教师蹦跶跶吓得两腿直哆嗦，简直让人辨不清哪一个抖得更厉害。

"我们是三胖陛下的宫廷近卫队。"

"我们急着进宫。快给我们让路！"

那个蓝眼睛的步兵从腰里拔出手枪，说：

"交出你们的手枪和马刀！士兵的武器只能为人民服务，不能为三个胖混蛋卖力。"

围住骑兵的所有步兵都拔出了手枪，骑兵也一把握住自己的武器。舞蹈教师蹦跶跶吓晕了过去，从马背上一头栽了下来。他是什么时候醒来的不得而知。不过有一点可以肯定，他至少是在护送他的骑兵和挡住他们去路的步兵交战结束后才醒的。显然，拦住他们的步兵胜利了。蹦跶跶醒过来后看见自己身边躺着的正是那个跟他背靠背骑在马上的卫兵。现在这个卫兵已经死了。

"血！"他吓得立刻移开视线，喃喃自语。

可是一秒钟后他看到的情景更让他大为吃惊。

他的纸箱摔碎了，里面的东西散落一地。漂亮的衣服、浪漫曲的谱子和假发全都撒在马路上，沾满了灰尘……

"啊！……"

激战中，骑兵丢落了蹦跶跶的纸箱，纸箱砸到路边圆滚滚的石头上碎开了。

"啊！哎哟！"

蹦跶跶急忙扑过去捡自己的家什。他发疯一般翻找着背心、燕尾服、长筒袜和鞋。那些鞋上的扣子初看起来挺漂亮，其实不过是些便宜的玩意。不一会儿，他又一下坐到地上。他简直伤心欲绝。所有东西、所有衣服都在，可唯独最重要的东西被偷走了。就在舞蹈教师蹦跶跶把两个小圆面包一样的拳头举向蓝天的瞬间，三个骑兵风驰电掣般向三胖宫飞奔而去。

他们骑的马是护送舞蹈教师蹦跶跶那三个卫兵的。在这场激战后，一个卫兵被打死了，剩下两个缴枪投降，站到百姓一边。胜利者在蹦跶跶摔碎的纸箱里找到一个包着纱布的粉红色东西。于是,有三个卫兵立刻翻身上马,疾驰而去。

跑在前面的是蓝眼睛卫兵,他把那个裹着纱布的粉红色东西紧贴在胸前。

迎面碰见的人都吓得急忙闪到一边。卫兵的帽子上有红帽徽,这就代表着,他们已经投靠到百姓一边了。于是,见到他们的人,只要不是那些胖子或贪吃鬼,就会向他们鼓掌致意。不过,仔细一看,他们惊得目瞪口呆:卫兵贴胸抱着一个纱布包,包外面耷拉着一个女孩的两只脚,脚上穿着一双带金玫瑰扣的粉红色鞋……

第十三章 胜利

我们刚刚讲了早上接二连三发生的一系列怪事,现在我们再回头讲讲前一天晚上的事。你们已经知道,这一夜接二连三发生了许多让人胆战心惊的事。

这天夜里,枪炮匠普洛斯彼罗从三胖宫里逃出来,也就在这天夜里,苏克当场被捕。

此外,这天夜里有三个人提着遮盖好的马灯,走进图季王子的卧室。

这件事大约是在枪炮匠普洛斯彼罗大战点心房,也就是卫兵在那口大锅旁抓捕苏克的一小时后发生的。

卧室里黑漆漆的。

透过高高的窗户看去,夜空挂满了星星。

图季王子睡得很香,呼吸很平静。

三个人想方设法尽可能掩住灯光。

谁也不知道,他们来这里做什么。只听得见一阵窃窃低语声。卧室门外的哨兵始终不动声色,若无其事地守在岗位上。

显然,进来的这三个人把握着某种权力,他们可以在王子卧室里掌控一切。

你们已经知道,图季王子的教师胆子都很小。你们记得洋娃娃被刺伤的不幸遭遇吗?当时有个教师在花园里眼见卫兵用马刀去刺洋娃娃,他吓得魂飞魄散。后来这个教师上报三个胖国王时还浑身发抖呢。

这一次,值班的教师也是个胆小鬼。

你们想象一下吧,三个陌生人提着灯进来的时候,他正在卧室里看护王子。为了不让自己睡着,他坐在窗边望着星星,温习自己的天文知识。

就在这时,门嘎吱一声,灯光一闪,闪过三个神秘的人影。教师于是藏进安乐椅里。他生怕他的长鼻子会暴露出来。的确,他的鼻子长得出奇,在满窗星星的映衬下看得一清二楚。他可能一眼就会被发现。

可这个胆小鬼一直在自我安慰:"也许他们会以为这是安乐椅扶手上的装饰品,或许是对面房子上的飞檐。"

朦胧的灯光映出三个身影,他们走到王子床边。

"在这儿。"一个人悄悄地说。

"他睡了。"另一个回答。

"嘘！……"

"没关系。他睡得很实。"

"好吧，开始行动吧！"

不知什么东西叮当响了一声。

教师额头上一阵冷汗。他感觉自己吓得鼻子又长出一截来。

"好了。"有个人悄声说。

"来吧！"

又有什么东西叮当响了一声，接着是咕嘟咕嘟倒水的声音。后来突然又一下子静了下来。

"往哪儿滴？"

"耳朵里。"

"他睡着了，侧着头，正好方便。往耳朵里滴吧……"

"小心点。一滴一滴来。"

"正好十滴。头一滴他会感觉冷得厉害，第二滴会有一点点感觉，因为头一滴效果比较慢。第二滴后，就一点感觉都没有了。"

"滴的时候要尽量一滴接一滴，中间不要停。"

"不然孩子醒来，就像给冰块冰醒了一样。"

"嘘！……我滴啦……一、二！……"

这时，图季王子的教师闻到一股浓浓的铃兰花味。香气弥漫整个屋子。

"三、四、五、六……"有个人很快地悄声数着,"好了。"

"现在他睡上三天三夜都醒不过来。"

"这样,他也就不会知道洋娃娃出了什么事……"

"等他醒来后,一切都已经过去了。"

"要不然他会跺着脚大哭大闹,到时候三胖陛下就只好赦免那个小姑娘,赏她条命了……"

三个陌生人走了。教师哆哆嗦嗦地站起来。他点上一盏小灯,灯火像朵橙黄色的小花。他走到床前。

图季王子穿着花边衣服,盖着丝绸被子,神态自若地躺在那里。

他一头蓬松的金发,脑袋安静地贴在大枕头上。

教师俯下身,把灯凑近孩子那张苍白的脸。小耳朵里有一滴水,像贝壳里的珍珠一样亮晶晶的。

这水珠金色透绿,色彩斑斓,变幻莫测。

教师用小指碰了碰水珠,王子的小耳朵里顿时什么也没有了,一股难以忍受的刺骨寒气猛地穿透教师的手臂。

孩子深睡不醒。

几小时后——我们已经向读者说起过——那个美妙的早晨到来了。

我们已经知道,这天早上舞蹈教师蹦跶跶出了什么事。不过,我们更想知道,这天早上苏克怎么样了。她的处境太危险了!

起初,他们决定把她扔进地牢里去。

嫉　妒

"不，这太麻烦了，"国务大臣说，"我们要赶快进行公开审判。"

"当然，跟这个小姑娘没什么好啰唆的。"三个胖国王一致表示同意。

不过，你们别忘了，三个胖国王刚刚逃脱豹子的追击，真是好不难受，他们必须休息休息。于是，他们说道：

"我们要睡一会儿。明天早上审判。"

他们边说边向各自的卧室走去。

国务大臣毫不怀疑，法庭一定会对假扮洋娃娃的这个女孩判处死刑，便下令用药水给图季王子进行催眠，免得他用眼泪去阻止那严厉的判决。

你们已经知道，那三个提马灯的人去干了这个勾当。

图季王子还在沉睡。

苏克被关在守卫室里。守卫室也叫卫兵室。这天早上苏克一直被押在这里。卫兵们把她层层围住。要是有外人闯进卫兵室，一定会大惊失色：为什么这个漂亮小女孩穿着华丽的粉红色连衣裙，一脸忧伤，跟一堆卫兵待在一起？她的样子和卫兵室野蛮的环境太不相称了。卫兵室里马鞍、武器和啤酒杯扔得到处都是。

卫兵们在打牌。烟斗里冒出的蓝色烟雾熏得满屋臭味难闻。他们不时打打骂骂。这些卫兵还在效忠三个胖国王。他们举起大拳头吓唬苏克，对她做各种吓人的鬼脸，还用脚去踹她。

苏克从容不迫地面对这一切。为了让他们也不好受,她转身就朝那些卫兵挨个吐起舌头来,整整一个小时她都在扮这个怪相。

她坐在大圆桶上,觉得挺舒服。尽管这样坐会弄脏连衣裙,不过,连衣裙本来就已经变得不成样子了:给树枝刮过,火把烧过,又让卫兵来回撕扯,还溅了一身糖浆。

苏克并没有考虑自己的安危。像她这个年龄的女孩是不会让近在眼前的危险吓住的。面对枪口,她们毫不畏惧。不过,要是把她们关在黑漆漆的屋子里,她们倒会非常害怕。

苏克心想:"枪炮匠普洛斯彼罗获得了自由。现在他和季布尔会带领穷人打进宫里。他们会来救我的。"

就在苏克心里估算的时候,我们在上一章里提到的三个卫兵正在策马向宫中飞驰而来。你们已经知道,其中一个蓝眼睛卫兵抱着一个神秘的包,包外面耷拉着一个女孩的两只脚,脚上穿着一双带金玫瑰扣的粉红色鞋。

三个卫兵到达桥边,守桥的都是效忠三个胖国王的哨兵,于是,三个卫兵扯下了帽子上的红帽徽。

为了让哨兵放他们过去,他们必须这样做。

否则,哨兵一看到红帽徽就会向他们开枪射击,因为他们已经站到人民一边去了。

他们从哨兵身边疾驰而过,差点把卫队长撞倒。

"一定有什么重要情报。"卫队长拾起掉到地上的帽子,掸了掸制服上的灰。

这时，苏克的关键时刻到了。国务大臣走进卫兵室。

卫兵们唰地从座位上跳起来，毕恭毕敬地双腿立正，戴着大手套的两只手直溜溜地紧贴在裤缝上。

"那女孩在哪儿？"国务大臣扶着眼镜问。

"过来！"总卫队长冲着苏克大喊一声。

苏克从大桶上爬下来。

一个卫兵粗暴地横腰抓住她，把她举了起来。

"三胖陛下在法庭等候，"国务大臣放下眼镜说，"把她给我带走。"

国务大臣说着，走出卫兵室。那个卫兵一只手提着苏克跟着走了。

啊，金色的玫瑰！啊，粉红的绸衣裙！这下都落入这只魔爪里，彻底完蛋了。

苏克被卫兵那只罪恶的魔手横腰倒挂着，又难受又痛。她使尽力气在卫兵胳膊上掐了一把。尽管制服袖子厚实得很，这一掐还是挺严重的。

"见鬼！"卫兵骂了一句，把她丢到地上。

"怎么回事？"国务大臣转过身问。

这时，国务大臣突然感到耳朵上重重地挨了一拳。他倒在地上。

紧接着，刚刚扔下苏克的卫兵也倒下了。

他的耳朵也挨了一拳。这一拳打得太狠了！你们想象一下吧，要把一个高大威猛、凶狠残暴的卫兵打昏在地，需要花多么大的力气啊!

还没来得及等苏克转过头,有一双手抓住了她,拖着她就走。

这也是一双粗壮有力的大手,不过这双手亲切了许多。在这双手里,苏克觉得比倒悬在卫兵手上舒服多了。那个卫兵现在瘫倒在光亮的地板上。

"别怕!"有人在她耳边低声说。

三个胖国王在法庭上等得已经不耐烦了。他们要亲自审判这个狡猾的洋娃娃。周围坐着内阁官员、顾问、法官和秘书们。五颜六色的假发——深红、淡紫、碧绿、棕黄、雪白和金色,在阳光下光彩四射。不过,欢快的阳光也不能让这些假发下一张张气鼓鼓的脸变得好看一些。

三个胖国王总是非常怕热。豆大的汗珠顺着脸流下来,打湿了摊开在他们面前的纸张。秘书不停地给他们来回换纸。

"我们的国务大臣让我们等得好苦啊。"大胖王说。他哆嗦着手指,好像自己被吊上了绞架。

等了好久,终于等到了。

三个卫兵步入法庭。一个卫兵两手裹着小姑娘。啊!小姑娘的样子多么伤心!

昨天,光彩夺目的粉红色连衣裙,还有裙子上精巧的装饰震惊全场,可现在已经破破烂烂。金玫瑰凋谢了,金属亮片掉落了,绸衣裙起皱了、撕坏了。她垂头丧气地把头耷在卫兵的肩上,脸色惨白,一双调皮的灰眼睛也失去了光彩。

嫉　妒

一个个五彩缤纷的脑袋抬了起来。

三个胖国王得意扬扬地搓着手。

秘书们取下夹在大长耳朵后长长的羽毛笔。

"好吧，"大胖王说，"国务大臣呢？"

裹着女孩的卫兵站到众人面前禀报。一双蓝眼睛闪烁着喜悦的光芒。

"国务大臣半路上肠胃出了毛病。"

这个解释让大家都很满意。

审判开始了。

卫兵把可怜的女孩放到法官席前的长板凳上。她低下头坐着。

大胖王开始审问。

但他马上就遇到一个大难题：苏克不回答任何问题。

"太好了！"大胖王气急败坏，"真是太好了！这样对她没有一点好处。她不肯回答问题。好……我们得想出更严厉的惩罚来对付她！"

苏克一动也不动。

三个卫兵活像石头人一样呆立在两边。

"传证人！"胖国王喝令道。

证人只有一个，被带了进来。他就是那位可敬的动物学家，动物园园长。他在树枝上挂了整整一夜，刚刚才被解下来。他就这样直接进来了：穿着花睡衣，条纹里裤，戴着睡帽，帽穗像肠子一样在他身后的地上拖拉着。

看到坐在长凳上的苏克,动物学家吓得摇摇晃晃,站立不稳,马上就被人扶住了。

"你讲讲是怎么回事。"

动物学家原原本本地讲了起来。他说,他爬上树,看到树枝中坐着图季王子的洋娃娃。他从来没见过活的洋娃娃,也无论如何都没想过深更半夜里洋娃娃会爬上树,所以他吓得晕头转向。

"她是怎么把枪炮匠普洛斯彼罗放出去的?"

"不知道。我没看见,也没听见。我晕倒在地,不省人事。"

"你说不说?可恶的鬼东西,枪炮匠普洛斯彼罗是怎么逃出去的?"

苏克一声不响。

"摇摇她!"

"狠狠地摇!"三个胖国王下令道。

蓝眼睛卫兵晃了晃女孩的肩膀,又重重地弹了一下她的脑门。

苏克还是一声不吭。

三个胖国王气得咬牙切齿。一个个五颜六色的脑袋也晃动起来,跟着质问。

"看来,"大胖王说,"详细经过我们什么都掌握不了。"

听到这句话,动物学家用手掌拍了拍额头。

"我知道该怎么办!"

嫉　妒

大家都竖起耳朵，仔细倾听。

"动物园里有个鹦鹉笼子，那里的鹦鹉都是珍稀品种。你们当然知道，鹦鹉能记住人话，还会学人说话。很多鹦鹉听觉灵敏，记忆力超强……我想，它们一定记住了夜里这个女孩和枪炮匠普洛斯彼罗在动物园所说的话……所以，我建议叫一只最机灵的鹦鹉到法庭来作证。"

众人连连称赞。

动物学家去了动物园，很快就回来了。他的食指上蹲着一只大大的、胡须又红又长的老鹦鹉。

诸位读者，请回想一下：当夜里苏克在动物园里走来走去的时候，你们还记得吧，她感觉有只鹦鹉形迹十分诡秘。你们还记得吗？她看见这只鹦鹉望了望她，接着又装睡，长长的红胡子动了一下，像是在笑。

现在，正是这只红胡须鹦鹉蹲在动物学家的手指上，那样得意扬扬，就像蹲在银吊杆上一样。

现在它露出惬意的笑容，要揭发可怜的苏克，它高兴得很。

动物学家用德语和它说话，把女孩指给它看。

鹦鹉拍动翅膀叫起来：

"苏克！苏克！"

它喀喀直叫，就像风吹旧门生锈的铰链发出的声音。

全场屏住呼吸。

动物学家扬扬得意。

鹦鹉接着报告。它确实说出了夜里听到的事。所以，如果你们想知道枪炮匠普洛斯彼罗是怎么得救的，那就听听鹦鹉咕噜咕噜都叫些什么吧。

啊！这真是一只稀有的鹦鹉。先不用说它有一把让任何一个将军都艳羡不已的、漂亮的红胡须，它还乖巧伶俐，学人说话有模有样。

"你是谁？"它用男人般的嗓音唧唧咕咕地说。

紧接着它又模仿女孩的腔调，尖声尖气地回答：

"我是苏克。"

"苏克！"

"季布尔派我来的。我不是洋娃娃。我是真的女孩，是来救你的。你没看见我进了动物园吗？"

"没有。我好像睡着了。今天我是第一次睡着。"

"我在动物园里找你。我看见这儿有个会说人话的怪物。我还以为那是你呢。现在那个怪物已经死了。"

"那是图布。他死了？"

"死了。我吓得大叫，招来了卫兵，我就躲到树上去了。我真高兴，你还活着！我是来救你的。"

"我的笼子锁得死死的。"

"我有开笼子的钥匙。"

鹦鹉咕噜咕噜最后一句话音刚落，全场立即暴跳如雷。

"啊，这个贱鬼！"三个胖国王大吼道，"现在全都清楚了。她偷了图季王子的钥匙，放走了枪炮匠普洛斯彼罗。普洛斯彼

嫉　妒

罗打碎锁链，砸坏铁笼，牵出了豹子，为的是穿过王宫时畅通无阻。"

"对！"

"对！"

"对！"

苏克还是一言不发。

鹦鹉肯定地点点头，拍了三下翅膀。

审判到此结束。判决如下：

> 假洋娃娃欺骗图季王子，放走反抗三胖陛下的叛匪头目枪炮匠普洛斯彼罗。
>
> 最好的一头豹死在她手里。就此，判处女骗子死刑。让野兽把她撕个粉碎。

可是，诸位读者，你们想想：甚至在宣读审判书时，苏克还是纹丝不动！

所有人都去动物园了。熊咆虎啸，狼嚎狮吼，鸟儿叽叽喳喳，欢迎这伙人。动物学家得意忘形：他可是这里的园长啊！

三个胖国王、顾问、内阁官员和其他宫廷侍官都坐在看台上。看台前围着防护栅栏。

啊，阳光多么灿烂！啊，天空多么湛蓝！鹦鹉的羽毛多么闪亮！猴子转圈多么迅速！大象的舞姿多么优美！

可怜的苏克！她无法欣赏这一切。也许，她在用惊恐的目光望着肮脏的笼子。笼子里的老虎有的蹲着,有的乱跑。它们身上那黄棕色的条纹看起来像极了黄蜂。

它们眉头紧皱注视着观众,时而不声不响地咧开满是生肉腥臭味的血盆大口。

可怜的苏克!

再见了,马戏班、广场!再见了,奥古斯特、笼子里的小狐狸,还有高大、勇敢、亲爱的季布尔!

蓝眼睛卫兵把女孩带到动物园中央,把她放在热辣辣、亮闪闪的石墨地上。

"对不起……"突然有个顾问说,"图季王子怎么办?要是他知道洋娃娃死在老虎的爪子下,他准会哭死的。"

"嘘!"一旁的人小声说,"嘘!他们给图季王子催眠了……他会睡上三天三夜都醒不来,也许时间更长……"

所有目光都集中到铁笼之间的空地上,那里躺着一团可怜的粉红色东西。

这时,驯兽师进来了。他挥展皮鞭,亮出手枪。乐师奏响了进行曲。于是,苏克当众做了最后一次表演。

"上吧!"驯兽师喊了一声。

老虎笼的铁门哐啷哐啷响起来。老虎一声不响,慢吞吞地从里面走出来。

三个胖国王哈哈大笑。顾问们也咯咯地笑着,假发震得一颤一颤的。皮鞭甩得啪啪直响。三只老虎奔着苏克跑去。

苏克一动不动地躺着,一双灰眼睛呆呆地凝望着天空。所有人都站起身来，准备在猛兽虐食小女孩的时候尖叫喝彩……

可是……三只老虎走到苏克跟前，有一只低头嗅了嗅，另一只用爪子碰了碰，第三只连看都不看一眼就从小女孩身边跑走了，站到看台前，冲着三个胖国王咆哮。

直到这时大家才看出，这不是真的女孩，而是个破烂不堪的、没用的旧洋娃娃。

真是一团糟！动物园园长窘得咬掉了半截舌头。驯兽师把老虎赶回笼子里，不屑地踢了踢破烂娃娃，去脱下他那身华丽的、系着金腰带的蓝色驯兽服。

全场沉默了五分钟。

沉默突然被打破了：一枚炮弹在动物园的上空炸开了花。

观众全都栽倒在地，鼻子撞到看台的木地板上。野兽也都惊得用后腿直立起来。很快又炸响了第二枚炮弹。空中弥漫着白色的烟雾。

"怎么了？怎么了？怎么了？"尖叫声顿时响成一片。

"百姓进攻了！"

"他们有大炮！"

"卫兵叛变了！！"

"哦！啊！！哦！！！"

花园里一片嘈杂声、喊声和枪声。显然，起义的人攻进了花园！看台上的人从动物园内向外奔逃。大臣们亮出长剑。三个胖国王号啕大叫。在花园里，他们看到了以下情景。

人群潮水般从四面八方涌来。人越聚越多。有的光着头，有的额头上沾满了血,有的外衣被扯破了,有的脸上喜气洋洋……他们都是今天赢得了胜利的百姓。卫兵和百姓混在一起,红色的帽徽在他们头上闪闪发光。工人们全副武装。穿着棕色衣服和木鞋的贫民排着整齐的队伍,犹如大军向前挺进。树木被他们撞弯了,灌木丛喀嚓喀嚓地响。

"我们胜利了!"百姓欢呼雀跃。

三个胖国王明白,他们逃不掉了。

"不!"一个胖国王嗥叫起来,"不!卫兵们,快向他们开枪!"

可是卫兵和穷人站在一个队伍里了。随后响起了一个铿锵有力的声音,压过了整个人群的喧嚷声。这是枪炮匠普洛斯彼罗在讲话:

"你们投降吧!百姓已经胜利了!财主和贪吃鬼的王国已经完蛋了!整个城市都掌握在人民手中。所有的胖子都被抓起来了。"

群情激愤,五颜六色的人群筑成一堵厚厚的人墙,把三个胖国王团团围住。

人们挥舞着红旗、棍棒、马刀,抡动拳头。嘹亮的歌声飘向四面八方。季布尔披着绿斗篷,头上裹着浸透血污的布条,与普洛斯彼罗站在一起。

"我不是真的!"一个胖国王用手捂住眼睛尖叫着。

季布尔和普洛斯彼罗带头唱起歌来,成千上万的人跟着齐声和唱。歌声飞遍整个花园,穿过运河和大桥。正从城门向

嫉　妒

　　三胖宫进军的百姓听到歌声，也一同唱了起来。歌声如狂涛巨浪，气势磅礴，顺着大路，越过城门，飞进城里，传遍所有的大街小巷。街上工人和贫民正昂首挺胸，大步向前。现在全城都唱着这首歌。这是战胜了压迫者的人民的歌。

　　这歌声不只让在宫里被逮住的三个胖国王和他们的大臣蜷成一团，城里所有的花花公子、大胖店主、贪吃鬼、商人、贵妇和秃顶的将军们也都吓得仓皇逃窜，好像这不是一首普通的歌，而是连天的枪声和炮火。

　　他们在寻找可以藏身的地方，捂住耳朵，把头埋进昂贵的绣花枕头里。

　　财主们成群地涌向港口，想乘船逃离这个国家，离开这个他们已经丧失了一切的地方。他们丧失了权力、金钱和悠然自得的寄生虫生活。但是他们立刻被水手们包围了。财主们全被逮捕起来。他们恳求饶命，说：

　　"请不要动我们！我们再也不强迫你们给我们干活了……"

　　但是百姓再也不相信他们，这些财主已经不止一次欺骗过贫民和工人。

　　太阳在城市上空高高升起。万里无云，碧空如洗。到处欢天喜地，不用说，人们在庆祝这个前所未有的盛大节日。

　　一切都掌握在人民手中：军械库、兵营、宫殿、粮仓、商店。到处都有戴红帽徽的卫兵在站岗。

　　十字路口红旗飘扬，上面写着：

穷人双手创造的一切归穷人所有!

人民万岁!

打倒寄生虫和贪吃鬼!

那三个胖国王下场怎样?

他们被带到宫廷大厅示众。身穿绿翻袖灰色外衣的工人端着枪,组成押送队。万道阳光把大厅映得光芒四射。这里人山人海。不过,这个场面跟小苏克唱歌认识了图季王子那天大不相同!

这里都是在广场和集市上向她鼓过掌的那些观众。不过现在,他们都兴高采烈,脸上洋溢着幸福的笑容。人们挤挤攘攘,一个爬到另一个背上,笑啊,闹啊。一些人激动得热泪盈眶。

宫廷大厅里从没来过这样一些客人。太阳也从没有如此明亮地照耀过他们。

"嘘!"

"静一静!"

"静一静!"

楼梯顶上押出一列俘虏来。三个胖国王眼睛直勾勾地盯着地面。普洛斯彼罗走在前面,季布尔和他在一起。

欢呼声把大厅里的圆柱都震得摇晃起来。三个胖国王的耳朵都震聋了。他们被带到楼梯下面,让百姓就近看看,相信三个恐怖的胖国王确实是被人民俘虏了。

嫉　妒

"看……"普洛斯彼罗站在圆柱旁说。他的个子几乎有半个圆柱高，在阳光的照耀下，他那火红的头发仿佛一团熊熊燃烧的烈火。"看，"他说，"这就是三个胖混蛋。他们压迫穷苦的人民。他们强迫我们流血流汗卖苦力，夺走我们的一切。看看，他们有多胖！现在我们胜利了。我们要为我们自己干活了，我们大家都是平等的。今后不会再有财主、寄生虫和贪吃鬼。总有一天我们会过上丰衣足食的好日子。即使我们暂时过得不好，我们也知道，当我们忍饥挨饿的时候，再也不会有脑满肠肥的家伙了……"

"乌拉！乌拉！"欢呼声响成一片。

三个胖国王吓得呼哧呼哧直喘粗气。

"今天是我们胜利的日子。看，阳光多么明媚！听，鸟儿唱得多美妙！闻吧，花儿开得多么清香！记住这一天，记住这个时刻吧！"

话音刚落，大家都把头转向大钟。

大钟挂在两根圆柱之间，深深地镶在壁柜里。这是一个巨大的橡木盒子，上面有很多雕刻和珐琅饰品，中间是一面黑魆魆的钟盘。

"现在是几点？"每个人都在想。突然（这是我们的故事里最后一个"突然"）……

突然，橡木盒子的门打开了。里面没有任何机关。所有大钟的机件都被拆掉了。盒子里放铜齿轮和发条的地方坐着身穿粉红色衣裙、神采飞扬的苏克。

"苏克！"大厅里一片惊呼。

"苏克！"孩子们尖叫起来。

"苏克！苏克！苏克！"全场掌声雷动。

蓝眼睛卫兵把苏克从壁柜里拉了出来。这就是从舞蹈教师蹦跶跶的纸盒里抢走图季王子洋娃娃的那个蓝眼睛卫兵。他把娃娃送到宫里，一拳打倒押送苏克的卫兵和国务大臣，把可怜的苏克藏到钟柜里，暗中用那个破烂不堪的真娃娃替掉了她。你们记得吧，在法庭上他摇晃洋娃娃的肩膀，还把它送到了老虎跟前。

苏克在人们手里传来传去。那些称她是世界上最优秀舞蹈家的人，那些把最后一枚硬币抛到她毯子上的人都来拥抱她，低声唤她"苏克"，亲吻她，紧紧把她拥在怀里。在那些沾满煤烟和焦油的破烂衣衫里，跳动着一颗颗历尽苦难却饱含温情的伟大心灵。

她笑着，抓弄着他们散乱的头发，用小手擦掉他们脸上的鲜血。她逗着小孩子们，向他们做鬼脸。接着她哭了起来，含糊不清地说了些什么。

"让她到这儿来。"枪炮匠普洛斯彼罗用颤抖的声音说。许多人看到，他的眼睛里闪烁着泪花。"她是我的救命恩人！"

"过来！过来！"季布尔边喊边舞动那件大牛蒡叶似的绿斗篷，"这是我的小伙伴。快过来，苏克。"

个子矮小的加斯帕博士也从远处穿过人群，满含微笑地匆匆走来……

三个胖国王被赶进了那个关过枪炮匠普洛斯彼罗的笼子。

嫉　妒

— 尾　声 —

一年后，万众欢腾的节日到来了。人民庆祝摆脱三胖政权统治一周年。

星星广场上为孩子们举行了演出。海报上赫然印着几个大字：

苏克！
苏克！
苏克！

成千上万的孩子们等待心爱的演员出场。在今天的节日里，她不是一个人表演，有个跟她面容相像的金发男孩跟她一起登台。

这是她的弟弟。以前，他是图季王子。

全城处处红旗招展，热闹非凡。娇艳的玫瑰从卖花姑娘的花盆里撒落下来，用五颜六色的羽毛装饰起来的马跳来跳去，旋转木马不停地转圈。星星广场上的表演让小观众们看呆了神。

演出结束，苏克和图季身上撒满了鲜花。孩子们把他们团团围住。

苏克从新衣服口袋里拿出一块小木板，给孩子们读起来。

我们的读者一定还记得这块木板。在一个恐怖的夜晚，有个像狼一样神秘的人，在临死前从动物园凄惨的笼子里把一块小木板交给了苏克。

小木板上面写着：

你们两人——苏克和图季——是姐弟。

你们四岁的时候，三个胖国王的卫兵把你们从家里抢走了。

我叫图布，是个科学家。他们把我带到宫里，给我看了小苏克和图季。三个胖国王说："你看到这个女孩了吗？你要做一个和她一模一样的洋娃娃。"我不知道做这个洋娃娃干什么用。

我做了一个这样的洋娃娃。我是个大科学家。洋娃娃可以像活的女孩那样长大。苏克快五岁了，洋娃娃也

嫉　妒

一样。苏克会变成漂亮又略带忧愁的大人，洋娃娃也会这样。我做完了这个洋娃娃，他们就把你们拆散了。图季和洋娃娃留在宫里，苏克被送到了流动马戏班，换来了一只稀有的、胡须又红又长的鹦鹉。三个胖国王命令我："挖掉男孩的心，给他做一颗铁的。"我不答应。我说，不能夺走一个人的心，无论是铁的、冰的、还是金子的，都不能代替朴实的、真正的人心。于是他们把我关进笼子里。从那以后，他们开始教图季，说他的心是铁做的，要他相信这一点，要他做一个凶狠残暴的人。我在野兽笼里蹲了八年，浑身长满了毛，牙齿也又长又黄，但我没有忘记你们。请你们原谅。我们都受三个胖国王的压迫，受财主和贪吃鬼的压迫。请原谅我，图季，你的名字在穷人的话里，意思是"分离"。请原谅我，苏克，你的名字，意思是"一生"……